RAYMOND DEVOS

Sens dessus dessous

STOCK

Lettre anonyme

Monsieur, ou Madame, ou qui que vous soyez,

J'ai longtemps hésité avant de vous écrire cette lettre. Né de père inconnu et de mère incertaine... trouvé dans un terrain vague, je, non-soussigné, fus élevé par un bienfaiteur anonyme. Je grandis clandestinement dans un lieu imprécis.

Après avoir fait des études par correspondance dans une solitude complète... je regagnai sans papiers et sans bagages, par une route qui n'est plus sur la carte, un endroit que je ne peux révéler...

Là, j'écrivis plusieurs lettres anonymes à des correspondants lointains...

Sur le point d'être découvert... je m'enfuis dans le désert... d'où je vous écris...

Peut-être souhaiteriez-vous savoir pourquoi je me confie ainsi à vous dont j'ignore l'identité ? C'est dans un moment de dépression... tout simplement !

N'y voyez pas d'autres raisons ! Ne cherchez pas à savoir qui je suis... mon nom ne vous dirait rien.

Et je signe d'une main incertaine :

LE SUSNOMMÉ !

P.S. : Je mets immédiatement cette lettre non datée dans une bouteille dont vous remarquerez que j'ai soigneusement gratté l'étiquette. J'irai ensuite la jeter à la mer qui doit se trouver approximativement et à vol d'oiseau quelque part au-delà de cette vaste étendue de sables mouvants ! Mais comme je m'y rends à pied en évitant soigneusement les pistes, je ne sais quand ni où cette missive vous atteindra.

Sens dessus dessous

Actuellement,
mon immeuble est sens dessus dessous.
Tous les locataires du dessous
voudraient habiter au-dessus !
Tout cela parce que le locataire
qui est au-dessus
est allé raconter par en dessous
que l'air que l'on respirait à l'étage au-dessus
était meilleur que celui que l'on respirait
à l'étage en dessous !
Alors, le locataire qui est en dessous
a tendance à envier celui qui est au-dessus
et à mépriser celui qui est en dessous.
Moi, je suis au-dessus de ça !
Si je méprise celui qui est en dessous,
ce n'est pas parce qu'il est en dessous,
c'est parce qu'il convoite l'appartement
qui est au-dessus, le mien !
Remarquez... moi, je lui céderais bien
mon appartement à celui du dessous
à condition d'obtenir celui du dessus !
Mais je ne compte pas trop dessus.
D'abord, parce que je n'ai pas de sous !
Ensuite, au-dessus de celui qui est au-dessus,

il n'y a plus d'appartement !
Alors, le locataire du dessous
qui monterait au-dessus
obligerait celui du dessus
à redescendre en dessous.
Or, je sais que celui du dessus n'y tient pas !
D'autant que, comme la femme du dessous
est tombée amoureuse de celui du dessus,
celui du dessus n'a aucun intérêt à ce que
le mari de la femme du dessous
monte au-dessus !
Alors, là-dessus...
quelqu'un est-il allé raconter à celui du dessous
qu'il avait vu sa femme bras dessus,
bras dessous avec celui du dessus ?
Toujours est-il que celui du dessous
l'a su !
Et un jour que la femme du dessous
était allée rejoindre celui du dessus,
comme elle retirait ses dessous...
et lui, ses dessus...
soi-disant parce qu'il avait trop chaud en dessous...
Je l'ai su... parce que d'en dessous,
on entend tout ce qui se passe au-dessus...
Bref ! Celui du dessous leur est tombé dessus !
Comme ils étaient tous les deux soûls,
ils se sont tapés dessus !
Finalement, c'est celui du dessous
qui a eu le dessus !

Les pieds dans le plat
ou le nain et le géant

J'ai tendance à mettre ce qu'on appelle les pieds dans le plat :

Récemment, j'étais au cirque et, à l'entracte, je vais féliciter les nains et le géant.

Je me dis : « Il faut que je fasse attention à ne pas faire allusion à leur taille. »

Je rentre dans la loge des nains.

Je dis :

— Salut, les enfants !... Enfin, quand je dis « les enfants », je veux dire que... nous sommes tous restés des enfants... de grands enfants ! Hein, mon petit père ?

Enfin, quand je dis « mon petit père », je pourrais aussi bien dire « mon grand-père » ou ... « mon père tout court »... Enfin... quand je dis « tout court », je veux dire... Bref... Enfin, bref ! ! !

Voyant que je ne m'en sortais pas, je dis pour faire diversion :

— C'est à vous, ce grand fils ?... Ah ! il a vingt ans ?

Eh bien, dites donc, il est déjà petit pour son âge !...

Enfin, il est petit... Le Français est petit... Nous sommes tous de petits Français !

Je me baisse pour être à la même hauteur :

— ... Tous égaux !...

Et je sors à reculons :

— Bonjour à votre moitié !

Je me retourne et je vois... deux grands pieds, deux pieds immenses.

Je me dis : « C'est le géant ! Evitons la gaffe ! » Je me redresse et je dis :

— Salut Berthe !... Enfin, quand je dis « Berthe », je veux dire... que nous sommes tous...

des « Berthe »... enfin, que nous vivons tous sur un grand pied, un pied d'égalité ! Nous sommes tous de grands Français, quoi !... Tous égaux !

Comme le nain sortait de sa loge, je lui dis :

— A propos, je vous félicite pour la première partie...

Il me dit :

— Oui, mais je ne sais pas si je pourrai faire la deuxième...

Je lui dis :

— Qu'à cela ne tienne... Monsieur va vous doubler !

Et je désigne le géant.

Là, je dis :

— Bon ! J'en ai assez dit !

Et, comme je m'éloignais, je les entendais qui faisaient des réflexions sur mon compte.

— Il n'est pas normal, ce gars-là ? dit le nain.

Et le géant lui a répondu :

— C'est ce qu'on appelle

un Français moyen !

Le possédé du percepteur

Je ne sais pas si vous croyez à la sorcellerie.
Moi, je ne voulais pas y croire
jusqu'au jour où je me suis aperçu
que j'étais possédé du percepteur.
Oui ! Possédé !
Envoûté par mon percepteur !
Depuis quelque temps, déjà,
je le voyais qui rôdait
autour de ma maison.
Il allait et venait...
Il semblait dessiner tout en marchant des figures
géométriques.
En fait, il prenait des mesures fiscales !
Et puis il disparaissait,
et puis il revenait.
J'avais observé aussi
que chaque fois qu'il revenait,
je payais un nouvel impôt sur le revenu !
C'est d'ailleurs en faisant mes comptes
que je me suis rendu compte
qu'il revenait souvent !
Et un soir, en rentrant chez moi,
je découvre une feuille d'impôt
clouée sur ma porte.

C'était un premier avertissement !
Je dois dire que je ne l'ai pas pris au sérieux.
Je me suis simplement un peu étonné.
J'ai dit :
— Tiens ? Au lieu de glisser la feuille
sous la porte, ils la clouent ?
Méthode moderne ! Bon !
Quelque temps plus tard,
en faisant le tour du propriétaire,
je découvre,
à chaque angle de ma propriété,
tracées sur le sol,
des lettres cabalistiques.
Il y avait un T,
un V
et un A.
A vol d'oiseau, ça fait T.V.A.
Qui avait pu poser ces marques de terreur,
sinon mon percepteur ?
Ce n'était pas sorcier à comprendre !
Non content de me faire payer l'impôt direct,
il essayait encore de me le faire payer indirec-
tement !
Par le truchement de la T.V.A. !
J'étais cerné par la T.V.A. !
Vous connaissez le sens secret et fiscal
de ces trois lettres ?
T.V.A.
Si vous prenez les deux premières lettres T.V., cela
veut dire en clair :
— As-tu payé la taxe sur la T.V. ?
Les lettres V.A. veulent dire :
— Va ! Va payer la taxe sur la T.V. !
Puis T.A. : TA.
Traduire :

— T'as payé la taxe sur la T.V. ?... Ah...
Alors VA la payer !
C'est un rappel à l'ordre constant.
Même si vous lisez les lettres à l'envers,
elles vous rappellent encore quelque chose.
A.V. : « Avez-vous payé... ? »
A.T. : « Hâtez-vous de payer !... »
V.T. : « Vêtez-vous et hâtez-vous de payer la taxe
sur la T.V. ! »
Là, j'ai manqué de sens civique !
J'aurais dû me vêtir et me hâter d'aller
payer la taxe sur la valeur ajoutée.
Au lieu de quoi,
je me suis rendu au siège
de la Sécurité sociale
pour me faire rembourser une somme
importante qui m'était due
depuis fort longtemps.
Naturellement, on m'a répondu
que mon dossier s'était égaré...
Je dois dire que j'en fus presque soulagé.
Enfin, une chose qui se déroulait
normalement, comme prévu !
J'en avais presque oublié mon percepteur...
Lorsque, dans la nuit qui suivit,
je suis réveillé par un
ululement de percepteur.
Je ne sais pas si vous avez déjà
entendu ululer un percepteur
dans la nuit ?
C'est sinistre ! Inhumain !
Je me précipite à la fenêtre
et je vois sous la lune argentée
— car, dès que la lune est argentée,
mon percepteur rapplique —,

je vois mon percepteur
qui se livrait à un étrange cérémonial.
Il ouvrait les bras,
les fermait,
les rouvrait.
Et, tout à coup,
je distingue dans le reflet de la vitre
quelque chose qui bougeait derrière moi.
Je me retourne et je vois
ma rente Pinay
que j'avais posée sur mon bureau
se plier,
se replier,
et, par un sortilège, se transformer en
une cocotte en papier.
Laquelle cocotte a pris son envol
et, à l'appel du percepteur,
est allée se poser sur son épaule.
Mon percepteur s'en est saisi... l'a dépliée,
l'a repliée
et en a fait un petit avion
qu'il a lancé comme ça, en l'air,
comme on lance un emprunt !
Je me dis :
— C'est un mirage ou quoi ?
Et le petit avion est venu se reposer
sur mon bureau en se dépliant.
Ah ! dis donc !
Ce n'était plus la même rente !
Il avait changé ma rente Pinay
en rente Giscard !
Ah ! il est diablement fort !
Pour échapper à son emprise,
j'ai tout essayé.
Je suis même allé voir un prêtre.

C'est vous dire
à quel point j'étais désespéré !
Je lui ai dit :
— Mon père, je suis possédé du percepteur.
Pouvez-vous pratiquer l'exorcisme ?
Il m'a dit :
— Mon fils... vous m'auriez parlé du Démon...
J'aurais pu tenter quelque chose...
Mais contre les puissances de l'argent...
Je lui dis :
— Qu'est-ce que je peux faire ?
Il m'a dit :
— Payez !... Payez !... Payez pour nous !
Alors, je paye !
Et plus je paye mon percepteur,
plus il me le fait payer !
Il met ma faiblesse à contribution.
Il me taxe sur ma valeur personnelle.
Il m'impose sa volonté.
Il me tourmente.
Il me traque !
Tout ça parce que
j'ai eu la faiblesse de montrer
des signes extérieurs de richesse,
alors que ma richesse est toute intérieure !

Culture mimique

Il y a des gens qui me disent :
— Comment faites-vous pour garder cette sveltesse ?
Vous devez faire de la culture physique ?
Pas du tout !
Je me contente de me promener dans les rues
aux heures de pointe !
C'est un exercice physique fabuleux !
Essayez... vous allez voir !
Marcher dans la foule...
   (Exemple de marche déhanchée.)
Tout travaille !
Traverser une rue :
— J'y vais ?
— Je n'y vais pas !
— Je traverse ?
— Je n'ai pas le temps !
Tout travaille !
Regardez ! Tout travaille !
Je le refais au ralenti pour que
vous voyiez mieux le travail des muscles.
Si vous voulez travailler les muscles séparément...
Rien que les abdominaux ?
(Il sort le ventre.)
— J'y vais ?

(Il le rentre.)
— Je n'y vais pas !
(Il le sort.)
— Là, je passe ?
(Il le rentre.)
— Je ne passe pas !
Le ventre a déjà fait en pensée
trois fois l'aller et retour
alors que les pieds sont toujours
sur le trottoir !
A un moment, il faut se décider !
Allez, je traverse !
Hop !
(Il rentre brutalement le ventre
en exécutant un petit saut en arrière.)
Vroom ! Un vélomoteur qui vient de passer !
Vous avez vu le mouvement ?
Plus de ventre !
Alors, il y a des gens qui me disent :
— Si ça fait tomber le ventre,
d'où vient que le vôtre soit
si proéminent ?
Parce qu'il est bien rare si, après
qu'un vélomoteur vous ait « vroom » par-devant,
il n'y ait pas une voiture qui vous
« vroom » par-derrière !
Comme il y a toujours moins de vélomoteurs
qui vous « vroom » par-devant que de voitures
qui vous « vroom » par-derrière,
c'est le ventre qui domine !

Le pot de grès

Lettre à mon potier :

Monsieur,

Je ne tournerai pas autour du pot.
Le pot de grès
Traité de gré à gré
Avec vous...
Et que je trouvais fort à mon gré
N'agrée pas à mon épouse.
A dire vrai, ce n'est pas le pot
Qui n'agrée pas,
C'est le grès !
Elle n'aime pas le grès !
Vous comprendrez donc
Que bon gré, mal gré,
Je ne saurais...
De force ou de gré
Garder ce pot
Contre son gré.
En conséquence,
Malgré que ce grès m'agrée,
Je vous saurais gré

D'échanger ce grès
Contre un autre pot
Plus à son gré.

Veuillez agréer, Monsieur, avec mes regrets,
etc.

Les choses qui disparaissent

Il y a des choses qui disparaissent et dont personne
ne parle.
Exemple :
Les zouaves !
Nous avions des zouaves, jadis.
Des régiments entiers de zouaves !
Il n'y en a plus un !
Vous pouvez chercher.
Et où sont passés nos zouaves ?
On est en droit de se poser la question.
Qu'on nous dise la vérité !
Où sont passés nos zouaves ?
Ça m'intéresse parce que ma sœur
a été fiancée à un zouave...
Elle lui avait promis sa main.
Plus de nouvelles du zouave !
Alors, la main de ma sœur...
...où la mettre ?
(Au pianiste :)
Ça n'intéresse pas les gens, hein !
Ça ne les intéresse pas !
Je dois dire que la main de ma sœur,
les gens s'en foutent comme de
leur première culotte !

Qui est-ce qui a dit ça ?
Les sans-culottes !
Bravo, monsieur !
Voilà encore une chose qui a disparu,
les sans-culottes !
Et où sont passés nos sans-culottes ?
Qu'on nous dise la vérité !
Où sont passés nos sans-culottes ?
Parce qu'une culotte qui disparaît...
Bon !
Mais cent culottes !...
Qui disparaissent comme ça
dans la nature sans laisser de traces !
C'est douteux.
(Au pianiste :)
Ça n'intéresse pas les gens, hein ?
Vous savez pourquoi ça n'intéresse pas les gens ?
Parce que ce ne sont pas des événements.
Ce sont des anecdotes !
Première anecdote :
La main de ma sœur.
Deuxième anecdote :
Une culotte.
Troisième anecdote :
Un zouave.
Seulement, si vous prenez
la première...
que vous la glissiez dans
la deuxième
qui appartient
au troisième...
Vous obtenez un événement sur lequel
on n'a pas fini de jaser !

Au gendarme, au voleur

(Un agent est en faction. Un quidam entre rapidement, bouscule l'agent, s'excuse auprès de lui... puis sort.)

L'agent (après avoir jeté un coup d'œil sur son poignet :) Ma montre ! Ma montre ! On m'a volé ma montre ! Au voleur ! Au voleur ! Au voleur ! Police, ma montre.

Quidam (entrant précipitamment :) Monsieur l'agent, je viens d'entendre quelqu'un crier au voleur, au voleur !

L'agent : Je sais, c'est moi ! On vient de me voler ma montre.

Quidam : Est-ce que je peux faire quelque chose pour vous ?

L'agent : Eh bien, appelez un agent !

Quidam : Oui !... *(Il va pour sortir, se ravise :)* Je vous demande pardon, monsieur l'agent, mais vous êtes un agent, vous !

L'agent : Eh bien, appelez-moi !

Quidam : Monsieur l'agent...

L'agent : Monsieur ?

Quidam : Je viens d'entendre quelqu'un qui criait au voleur, au voleur !

L'agent : On avait dû lui voler quelque chose sans doute.

Quidam : Oui ! Sa montre !

L'agent : Parfait ! Je vais faire un rapport. Le nom de la victime ?

Quidam : Ah ben, je n'en sais rien, c'est... *(Il montre l'agent.)*

L'agent : Demandez-lui ses papiers.

(Le quidam passe derrière l'agent et vient se placer à sa droite. Il s'adresse à l'agent pris en tant que victime.)

Quidam : Donnez-moi vos papiers ! *(L'agent les lui donne.)*

(Le quidam refait le mouvement en sens inverse et vient se placer à la gauche de l'agent.)

Quidam (lui « rendant » ses papiers :) Voilà, monsieur l'agent !

(Pendant tout ce qui va suivre, le quidam passera de la gauche à la droite de l'agent et vice versa, donnant l'impression de passer de la « victime » à « l'agent ».)

L'agent : Dites donc, cette carte d'identité n'est plus valable...

Quidam (même jeu que plus haut :) Dites donc, votre carte d'identité n'est plus valable !

L'agent : J'ai fait ma demande de renouvellement.

Quidam : Il a fait sa demande de renouvellement, monsieur l'agent !

L'agent : Qui me le prouve ? Vous avez de la chance que je sois bien disposé, hein ?

Quidam : Vous me dites ça, vous savez... moi...

L'agent : Dites-le-lui à lui.

Quidam : Ah bon ! Ah oui ! *(Même jeu.)* Vous avez

de la chance que monsieur l'agent soit bien disposé, vous savez.

L'agent : Remerciez-le !

Quidam : Heu oui ! Il vous remercie, il vous remercie !

L'agent : Et que ça ne se renouvelle pas, hein ? Dites-moi...

Quidam : Oui...

L'agent : Quand vous êtes arrivé sur les lieux, où était la victime ?

Quidam : La victime ? La victime, elle était là ! *(Il désigne l'endroit.)*

L'agent : Là ?

Quidam : Oui.

L'agent : Et quand vous avez appelé, moi, j'étais ici ?

Quidam : C'est ça ! C'est ça, monsieur l'agent.

L'agent : Mais dites donc, il y a une contradiction dans ce que vous dites. Si j'étais ici...

Quidam : Oui.

L'agent : Et la victime, là...

Quidam : Oui.

L'agent : J'aurais dû entendre ses appels !

Quidam : Vous n'avez rien entendu ?

L'agent : Rien !

Quidam : La victime n'a peut-être pas crié assez fort !

L'agent : Voyons ! Voyons ! Quand la victime a crié, elle était là !

Quidam : Là !

L'agent : Bon ! Vous qui étiez de l'autre côté, vous l'avez bien entendue ?

Quidam : Ah oui ! oui !

L'agent : A plus forte raison, moi qui me trouvais ici, j'aurais dû l'entendre.

25

Quidam : Ah oui ! Mais, dites-moi, monsieur l'agent, il y a quand même quelque chose qui me semble bizarre.

L'agent : Ah ?

Quidam : C'est que, en supposant que vous n'ayez rien entendu, d'où vous étiez, vous auriez dû le voir.

L'agent : Qui ?

Quidam : Le voleur !

L'agent : Ah ! mais je l'ai vu !

Quidam : Ah bon !

L'agent : J'ai son signalement.

Quidam : Ah bon !

L'agent (il écrit sur son carnet :) Veste claire... pantalon noir... chapeau... ah ça, le chapeau...

Quidam : Mou !

L'agent : Je ne pourrais pas l'affirmer...

Quidam : Si, si, il était mou le chapeau, je vous le dis, moi, il était mou.

L'agent : Mettez-le sur votre... *(Le quidam se couvre d'un chapeau mou.)* Ah ! c'est ça ! *(Il inscrit sur son carnet :)* Chapeau...

Quidam : Mou !...

L'agent : Mou...

Quidam : Voilà.

L'agent (il lui prend le poignet :) Police !

Quidam : Je suis refait.

L'agent : Allez, suivez-moi ! *(Il l'entraîne.)*

Quidam : Une seconde, monsieur l'agent. *(Ils s'arrêtent.)* Vous n'avez pas de témoins.

L'agent : Si. Vous ! D'où vous étiez, vous avez tout entendu !

Quidam : Oui. Mais je n'ai rien vu !

L'agent : Ah oui, mais moi, j'ai vu !

Quidam : Oui, mais d'où vous étiez, vous n'avez rien entendu.

L'agent : Ah ! je suis refait !

Quidam : Ah oui ! D'une montre, monsieur l'agent !
(En sortant :) D'une montre !

L'agent : Au voleur ! Au voleur !

L'homme existe, je l'ai rencontré

J'ai lu quelque part :
« Dieu existe, je l'ai rencontré ! »
Ça alors ! Ça m'étonne !
Que Dieu existe, la question ne se pose pas !
Mais que quelqu'un l'ait rencontré
avant moi, voilà qui me surprend !
Parce que j'ai eu le privilège
de rencontrer Dieu juste à un moment
où je doutais de lui !
Dans un petit village de Lozère
abandonné des hommes,
il n'y avait plus personne.
Et en passant devant la vieille église,
poussé par je ne sais quel instinct,
je suis entré...
Et, là, j'ai été ébloui... par une lumière
intense... insoutenable !
C'était Dieu... Dieu en personne,
Dieu qui priait !
Je me suis dit :
« Qui prie-t-il ?
Il ne se prie pas lui-même ?
Pas lui ?
Pas Dieu ! »

Non ! Il priait l'homme !
Il me priait, moi !
Il doutait de moi
comme j'avais douté de lui !
Il disait :
— O homme !
si tu existes,
un signe de toi !
J'ai dit :
— Mon Dieu, je suis là !
Il a dit :
— Miracle !
Une humaine apparition !
Je lui ai dit :
— Mais, mon Dieu...
comment pouvez-vous douter
de l'existence de l'homme,
puisque c'est vous qui
l'avez créé ?
Il m'a dit :
— Oui... mais il y a si
longtemps que je n'en ai
pas vu un dans mon église...
que je me demandais si ce n'était
pas une vue de l'esprit !
Je lui ai dit :
— Vous voilà rassuré,
mon Dieu !
Il m'a dit :
— Oui !
Je vais pouvoir leur
dire là-haut :
« L'homme existe,
je l'ai rencontré ! »

L'étrange comportement de mes plantes

Les plantes ont parfois un étrange comportement.
Exemple :
Dans mon jardin, j'ai un chêne.
Un chêne !
Depuis quelque temps, j'ai l'impression
qu'il sent sa dernière heure arriver.
Il sent déjà le sapin !
J'ai observé que dès que la nuit tombait,
il avait peur.
Il a peur dans le noir, comme un enfant.
C'est un arbre poltron, quoi !
La nuit dernière, il y avait de l'orage
et, à chaque éclair, je voyais ses branches
se hérisser sur son tronc !
Hah !... Hah !...
Tout ça dans un bruit de chêne !
Parce qu'un chêne qui a peur,
ça fait du bruit !
C'est comme un claquement de dents...
mais dehors !
Ce sont ses glands qui, sous l'effet
de la peur, s'entrechoquent !...
Il claque des glands, quoi !
Autre exemple :

Chez moi, dans la pièce du bas,
j'ai un lierre...
Bon, qu'il grimpe le long du mur,
je ne dis trop rien.
Je fais celui qui ne voit pas !
Mais c'est que, depuis quelque temps,
il en abuse ! Il se déplace !...
Il grimpe sur les fauteuils,
il s'enroule autour des meubles !
Vous savez comment il fait ?
Il tire sur ses racines,
il ramène le pot sous lui...
... parce qu'il est très propre !
Dans ma chambre, j'ai un pied de vigne...
Eh bien, chaque fois que je me mets
dans la tenue d'Adam...
il y a une feuille qui...
*(Il imite le mouvement de la feuille de vigne qui
vient pudiquement se placer sur le sexe.)*
Je la repousse...
Elle revient !
L'instinct !
(Il précise :)
De la vigne vierge, hein !
Attention !

32

Regards d'intelligence

Je déteste les regards intelligents.
Ça me gêne !
Un regard intelligent, ça me fait peur !
Je n'aime que les regards naïfs.
Les regards d'enfants,
ce sont de merveilleux regards.
Récemment...
nous nous trouvions entre gens
du même regard — que des candides... —
lorsqu'un type est entré avec un regard intelligent,
qu'il a braqué sur nous.
C'était comme une agression !
Nous ? Nous nous regardions naïvement
dans le blanc des yeux !
Nous étions aux anges.
Et, tout à coup, ce type qui s'immisçait
avec son regard intelligent dans notre naïveté !
Quand il a vu que nous le regardions
tous avec des yeux ronds,
il s'est senti désarmé.
Il a bien compris que sa vue dérangeait tout le
monde,
intelligent comme il était.
Il a dit :

— Excusez-moi, j'ai oublié mes lunettes !
Et il est sorti.
Nous nous sommes regardés,
et je crois bien
que dans nos yeux étonnés,
il y avait comme une petite lueur d'intelligence !

En dernier ressort

Je connaissais un sportif qui prétendait
avoir plus de ressort que sa montre.
Pour le prouver, il a fait la course contre
sa montre.
Il a remonté sa montre,
il s'est mis à marcher en même temps qu'elle.
Lorsque le ressort de la montre est arrivé en bout
de course, la montre s'est arrêtée.
Lui a continué,
et il a prétendu avoir gagné
en dernier ressort !

Faites l'amour, ne faites pas la guerre

Je viens de voir sur un mur
une inscription :
« Faites l'amour, ne faites pas la guerre. »
C'était écrit :
« Faites l'amour, ne faites pas la guerre. »
On vous met devant un choix !
« Faites l'amour, ne faites pas la guerre. »
Il y en a peut-être qui voudraient
faire autre chose !
D'abord, il est plus facile de faire l'amour
que de faire la guerre.
Pour faire la guerre,
déjà, il faut... faire une déclaration !
Pour faire l'amour aussi !
Il est plus facile de faire
une déclaration d'amour
qu'une déclaration de guerre !
Dans l'histoire de France,
il y a des exemples :
A Domrémy,
il y avait un jeune berger
qui était amoureux d'une bergère
qui s'appelait Jeanne.
Il voulait faire l'amour.

Elle ne voulait pas !
Elle voulait faire la guerre !
Elle est devenue « Pucelle » à Orléans !
Le repos de la guerrière,
elle ne voulait pas en entendre parler !
On ne peut pas dire de Jeanne
que ce soit l'amour qui l'ait consumée !
Remarquez, si on fait l'amour,
c'est pour satisfaire les sens.
Et c'est pour l'essence
qu'on fait la guerre !
D'ailleurs,
la plupart des gens
préfèrent glisser
leur peau
sous les draps
que de la risquer
sous les drapeaux !

Mon chien, c'est quelqu'un

Depuis quelque temps, mon chien m'inquiète...
Il se prend pour un être humain, et
je n'arrive pas à l'en dissuader.
Ce n'est pas tellement que je prenne mon chien
pour plus bête qu'il n'est...
Mais que lui se prenne pour quelqu'un,
c'est un peu abusif !
Est-ce que je me prends pour un chien, moi ?
Quoique... Quoique...
Dernièrement,
il s'est passé une chose troublante
qui m'a mis la puce à l'oreille !
Je me promenais avec mon chien
que je tenais en laisse...
Je rencontre une dame avec sa petite fille
et j'entends la dame qui dit à sa petite fille :
« Va ! Va caresser le chien ! »
Et la petite fille est venue...
me caresser la main !
J'avais beau lui faire signe qu'il y avait
erreur sur la personne,
que le chien, c'était l'autre...
la petite fille a continué de me
caresser gentiment la main...

Et la dame a dit :
— Tu vois qu'il n'est pas méchant !
Et mon chien, lui, qui ne rate jamais
une occasion de se taire...
a cru bon d'ajouter :
— Il ne lui manque que la parole, madame !
Ça vous étonne, hein ?
Eh bien, moi, ce qui m'a le plus étonné,
ce n'est pas que ces dames m'aient
pris pour un chien...
Tout le monde peut se tromper !
... Mais qu'elles n'aient pas été autrement
surprises d'entendre mon chien parler... !
Alors là...
Les gens ne s'étonnent plus de rien.
Moi, la première fois que j'ai entendu
mon chien parler,
j'aime mieux vous dire que j'ai été surpris !
C'était un soir... après dîner.
J'étais allongé sur le tapis,
je somnolais...
Je n'étais pas de très bon poil !
Mon chien était assis dans mon fauteuil,
il regardait la télévision...
Il n'était pas dans son assiette non plus !
Je le sentais !
J'ai un flair terrible...
A force de vivre avec mon chien,
le chien... je le sens !
Et, subitement, mon chien me dit :
— On pourrait peut-être de temps en temps
changer de chaîne ?
Moi, je n'ai pas réalisé tout de suite !
Je lui ai dit :
— C'est la première fois que tu me

parles sur ce ton !
Il me dit :
— Oui ! Jusqu'à présent, je n'ai rien dit,
mais je n'en pense pas moins !
Je lui dis :
— Quoi ? qu'est-ce qu'il y a ?
Il me dit :
— Ta soupe n'est pas bonne !
Je lui dis :
— Ta pâtée non plus !
Et, subitement, j'ai réalisé
que je parlais à un chien...
J'ai dit :
— Tiens ! Tu n'es qu'une bête,
je ne veux pas discuter avec toi !
Enfin quoi...
Un chien qui parle !
Est-ce que j'aboie, moi ?
Quoique... Quoique...
Dernièrement, mon chien était sorti
sans me prévenir...
Il était allé aux Puces,
et moi j'étais resté
pour garder la maison.
Soudain... j'entendis sonner.
Je ne sais pas ce qui m'a pris,
au lieu d'aller ouvrir,
je me suis mis à aboyer !
Mais à aboyer !
Le drame, c'est que mon chien,
qui avait sonné et qui attendait derrière la porte,
a tout entendu !
Alors, depuis,
je n'en suis plus le maître !
Avant, quand je lui lançais une pierre,

il la rapportait !
Maintenant, non seulement il ne la rapporte plus,
mais c'est lui qui la lance !
Et si je ne la rapporte pas dans les délais...
qu'est-ce que j'entends !
Je suis devenu sa bête noire, quoi !
Ah ! mon chien, c'est quelqu'un !
C'est dommage qu'il ne soit pas là,
il vous aurait raconté tout ça mieux que moi !
Parce que cette histoire,
lorsque c'est moi qui la raconte,
personne n'y croit !
Alors que...
lorsque c'est mon chien...
les gens sont tout ouïe...
Les gens croient
n'importe qui !

Le visage en feu

J'arrive à un carrefour,
le feu était au rouge.
Il n'y avait pas de voitures,
je passe !
Seulement, il y avait
un agent qui faisait le guet.
Il me siffle.
Il me dit :
— Vous êtes passé au rouge !
— Oui ! Il n'y avait pas de voitures !
— Ce n'est pas une raison !
Je dis :
— Ah si ! Quelquefois, le feu est au vert...
Il y a des voitures et...
je ne peux pas passer !
Stupeur de l'agent !
Il est devenu tout rouge.
Je lui dis :
— Vous avez le visage en feu !
Il est devenu tout vert !
Alors, je suis passé !

Jeux de mains

Un jour, dans un salon... je bavardais... avec des gens.

J'avais les deux mains dans mes poches, et tout à coup... alors que j'avais toujours les deux mains dans mes poches... je me suis surpris en train de me gratter l'oreille.

Là, j'ai eu un moment d'angoisse. Je me suis dit : « Raisonnons calmement... De deux choses l'une ! Ou j'ai une main de trop... et alors j'aurais dû m'en apercevoir plus tôt... ou il y en a une qui ne m'appartient pas ! »

Je compte discrètement mes mains sur mes doigts... et je constate que le monsieur qui était à côté de moi, et qui apparemment avait les deux mains dans ses poches, en avait glissé une dans la mienne par inadvertance...

Que faire ?

Je ne pouvais tout de même pas lui dire : « Monsieur ! Retirez votre main de ma poche !... » Ça ne se fait pas !

Je me suis dit : « Il n'y a qu'une chose à faire, c'est de lui gratter l'oreille. Il va bien voir qu'il se passe quelque chose d'insolite. »

Je lui gratte l'oreille... et je l'entends qui mur-

mure : « Raisonnons calmement ! De deux choses l'une ! Ou j'ai une main de trop... et alors j'aurais dû m'en apercevoir plus tôt... ou il y en a une qui ne m'appartient pas ! »

Et il a fait ce que j'avais fait.

Il a sorti sa main de ma poche... et il s'est mis à me gratter la jambe !

Que faire ?

Je ne pouvais tout de même pas lui dire : « Monsieur ! Cessez de me gratter la jambe ! »

Il m'aurait répondu : « Vous me grattez bien l'oreille, vous ! »

Et il aurait eu raison...

Et puis, ça ne se fait pas !

Et, subitement, j'ai réalisé que ma poche était vide puisqu'il en avait retiré sa main.

Je pouvais donc y remettre la mienne !

Lui remettrait la sienne dans sa poche, et chacun y trouverait son compte.

Je retire ma main de son oreille... que je n'avais plus aucune raison de gratter... ça ne se justifiait plus... ! et comme je m'apprêtais à la glisser dans ma poche, il retire sa main de ma jambe... et la remet dans ma poche à moi !

Ah ! l'entêté !

De plus, moi, j'avais une main qui restait en suspens ! Hé !... où la mettre ? C'est qu'une main, ça ne se place pas comme ça ! Ah ! j'ai dit : « Tant pis !... » et je l'ai fourrée dans sa poche à lui !

Il est certain que, momentanément, cela équilibrait les choses ! Mais !... et c'est ce que je me suis dit : « Tout à l'heure... quand on va se séparer... il va se passer quelque chose ! »

Eh bien, mesdames et messieurs, il ne s'est rien passé.

46

Il est parti avec ma main dans sa poche !

Alors, moi... j'ai couru derrière, je l'ai rattrapé, je l'ai insulté, il m'a insulté... et, petit à petit, on en est venus aux mains !

Quand il a sorti ma main de sa poche, je l'ai récupérée au passage, et je lui ai flanqué la sienne à travers la figure en lui disant : « Monsieur ! Nous sommes quittes ! »

Télépathie

Il faut vous dire, mesdames et messieurs,
que je suis télépathe.
Ce qu'on appelle un télépathe !
C'est-à-dire que je peux transmettre
ma pensée à distance !
C'est ce que l'on appelle la télépathie !
Vous savez que la télépathie,
c'est le téléphone de demain !
Alors, comme mon téléphone est toujours
en dérangement,
quand je veux entrer en communication
avec quelqu'un,
au lieu de le faire téléphoniquement,
je le fais télépathiquement !
C'est-à-dire qu'au lieu de téléphoner,
je télépathe !
Ça va plus vite, et puis
ça ne coûte rien !
Vous savez que tout le monde
peut télépather.
Vous n'avez jamais cherché à télépather
quelqu'un ?
C'est très facile de télépather !
Si vous voulez télépather quelqu'un,

vous cherchez dans l'annuaire télépathique...
la longueur d'onde de celui avec qui
vous voulez entrer en communication...
Vous branchez votre esprit sur le sien...
et vous sifflez mentalement,
c'est-à-dire que vous émettez
des ultra-sons...
Dès que votre correspondant
entend que les oreilles lui sifflent,
il sait que quelqu'un pense à lui
et il dit :
   — Holà ? Qui télépathe ?
Ce n'est pas :
— Allô ? Qui téléphone, hein ?
C'est :
— Holà ? Qui télépathe ?
Alors, dès que vous êtes en communication,
vous pouvez lui dire tout ce que vous voulez !
Tout ce que vous voulez !
Parce qu'il n'y a pas de table d'écoute !
La télépathie, pour la police,
c'est le téléphone arabe !
Ça lui échappe !
Les idées... ça lui passe au-dessus !
D'ailleurs, vous n'avez pas
d'agent de police télépathe,
parce que la pensée est insaisissable.
Ça ne les intéresse pas !
Ah ! je vous signale une chose :
il y a un inconvénient !
C'est que, en matière de télépathie,
il n'y a pas encore l'automatique !
Alors...
ou la pensée est mal émise,
ou elle est mal reçue,

ou c'est l'esprit de votre correspondant
qui est occupé,
ou alors — et c'est ce qui arrive le plus souvent —
c'est votre propre esprit
qui est en dérangement !

Le procès du tribunal

Juge : Messieurs, la séance est ouverte... Accusé, levez-vous...

(L'accusé se lève...)

Juge : Avouez que c'est vous qui avez volé « l'objet du délit » ?

Accusé : Oui, monsieur le Juge, c'est moi !

Public (surpris :) Oh !

Juge (surpris :) Ce n'est pas possible !

Accusé : Quoi ?

Avocat : Vous n'avez pas compris la question ?

Accusé : Si.

Avocat : On vous a demandé d'avouer !

Accusé : Eh bien, oui ! Quoi, j'avoue !

(Rumeurs dans le public :) Oh !...

Quelqu'un : Réfléchissez avant de répondre !

Un autre : L'affaire rebondit trop tôt !

Un troisième : Pour le tribunal, ce n'est plus une affaire !

Un quatrième : Pour redonner du suspense à l'audience, il faudrait la suspendre !

Tous : Suspension ! Suspension ! Suspension !

Juge : Silence ! L'accusé a été surpris par ma question !

Avocat (compréhensif :) Il a répondu n'importe quoi !

Juge : Cher ami, répondez avec calme et sang-froid... Le tribunal appréciera !... Ce n'est sûrement pas vous qui avez dérobé « l'objet du délit » ?

Accusé : Si. C'est moi !

(Rumeurs :) Oh !...

Quelqu'un : C'est un scandale !

Un autre : L'affaire du fourgon postal... ça oui... c'était quelque chose !

Un troisième : Et celle des ballets roses !... On n'en fait plus !

Un quatrième : Maintenant qu'il a dit que c'était lui, il va falloir qu'il le prouve !

Tous : Des preuves ! Des preuves ! Des preuves !

Juge : Silence !... J'en fais une affaire personnelle ! Le tribunal appréciera... *(A l'accusé :)* Très cher ami !... Nous ne sommes plus au temps où il suffisait de dire tout bonnement la vérité pour être cru !... Nous vivons à une époque où les gens sont intelligents et cultivés !... La vérité, nous la discutons !... Le tribunal et moi-même comprendrions fort bien que, pour votre défense, vous inventiez un alibi qui semblerait, à priori, indiscutable !... Cela nous obligerait à chercher dans votre entourage les gens qui auraient eu intérêt à vous fournir cet alibi... C'est pourquoi le tribunal et moi-même, nous vous prions instamment de trouver cet alibi... Cela, dans l'intérêt et pour l'honneur d'une cause qui risque, par votre aveu prématuré, de tourner court. Allons !... Avouez que vous avez un alibi !

Accusé : Non !

(Rumeurs :) Oh !...

Quelqu'un : Il y met de la mauvaise volonté !

Un autre : C'est une affaire pourrie !

Un troisième : Quelle tape pour la justice !

Un quatrième : Quel fiasco !

Tous : Fiasco ! Fiasco ! Fiasco !

Juge : Silence ! La parole est à l'accusation !

Accusateur : Je n'ai rien à ajouter, il a tout dit !

Juge : Vous voyez dans quel embarras vous nous mettez !

Accusé : Je ne peux pas mentir !

Avocat : Si vous ne mentez pas pour vous, mentez pour moi !

Juge : Mentez pour lui !

Tous : Oui ! Mentez pour lui !

Juge : Mentez pour les témoins !

Tous : Oui ! Mentez pour les témoins !

Juge : Mentez pour nous !

Tous : Oui ! Mentez pour nous !

Juge : Le tribunal appréciera !

Accusé : Puisque c'est moi !

(Rumeurs :) Oh !...

Quelqu'un : Il insiste !

Un autre : Il n'a pas d'envergure !

Un troisième : Ce n'est pas un homme d'affaires !

Tous : Un autre ! Un autre ! Un autre !

Juge : Silence ! La parole est à l'accusation !

Accusateur : Messieurs les Jurés !... Ne croyez pas qu'il suffise que l'accusé reconnaisse sa culpabilité pour qu'aussitôt on referme le dossier et que chacun retourne chez lui en disant : « L'affaire est classée !... » Ce serait trop facile !

Tous : Trop facile ! Trop facile ! Trop facile !

Juge : Silence ! La parole est à la défense !

Avocat : Messieurs, si mon client a reconnu qu'il était coupable, ce n'est pas de sa faute ! C'est qu'il y a été poussé !

(Rumeurs :) Oh !...

Accusé : Je demande la parole... Monsieur le Président, avec tout le respect que je vous dois, je me permets de vous dire que, tant que vous poserez des questions idiotes...

Avocat : Il n'y aura plus de procès possible !

Accusé : A question idiote, réponse idiote ! C'est dans le Code pénal !... Or, demander à un honnête homme s'il est coupable, sachant fort bien qu'il l'est..., est maladroit, indélicat et frise la muflerie !

Juge : Que devais-je faire ?

Accusé : Des sous-entendus ! Des allusions ! Des insinuations !... Laissez planer le doute sur ma culpabilité !... Mais, pour mener ce jeu subtil, il faudrait ne pas avoir, monsieur le Président, l'esprit fumeux !... Or, ainsi que chacun a pu s'en rendre compte, le vôtre n'est pas des plus clairs !... Nous savons, de source sûre, que non seulement vous fumez beaucoup, mais encore, au dire des témoins, que vous buvez davantage et, de plus, que la cigarette et le verre de rhum que vous buvez sont réservés normalement aux condamnés ! Ce qui est proprement dégueulasse !... Je demande pardon au tribunal d'employer ce mot, mais c'est le seul qui convienne !

Accusateur : Vous faites le procès du tribunal, ma parole !

Avocat : Oui ! Puisque c'est le seul que nous puissions faire ici !

Accusé : Oui ! J'accuse !

Accusateur : Ne renversez pas les rôles !

Accusé : Taisez-vous, jean-foutre !... J'accuse le juge ici présent de maladresse impardonnable ! *(Il se rassied.)*

(Rumeurs :) Ah !...

Quelqu'un : Adroit renversement !

Un autre : Audacieux ! C'est une relance !

Un troisième : C'est un défi !

Un quatrième : Une démission !

Tous : Démission ! Démission ! Démission !

Accusé : Silence ! Monsieur le Président, levez-vous !... Qu'avez-vous à répondre ?

Juge : ... J'en ai le souffle coupé !

Accusateur (se levant :) Permettez-moi, monsieur le Président, d'assurer votre défense !

Juge : Si vous le pouvez, ça me rendrait bien service !

Accusateur : Messieurs les Jurés !... L'homme qui est devant vous est un vieillard !...

Juge (montrant ses cheveux :) J'ai les cheveux tout blancs !

Accusateur : Il a commis une maladresse... Soit ! Alors, moi, je dis... et alors ?

Juge : Oui !... Et alors ?

Accusateur : Et alors ?

Quelqu'un : Alors ?

Un autre : Alors quoi ?

Un troisième : Ben oui, quoi ?

Un quatrième : Et alors ?

Tous : Et alors ? Et alors ? Et alors ?

Accusateur : Allez-vous pour autant crier « haro » sur le baudet et le rejeter impitoyablement du banc de la magistrature ?

Juge : Oh ! ils le feraient !...

Accusateur : Erreur magistrale ! Pour une simple étourderie, imputable à une défaillance de mémoire !

Juge : C'est vrai, il y a des moments où...

Accusateur : Il ne nie pas !... Voyez sa bonne foi ! Peut-on en vouloir à un homme qui ne jouit point de toutes ses facultés ?

Juge : J'ai des circonstances atténuantes !

Accusateur : Messieurs les Jurés, vous en tiendrez compte ! Quant à l'abus de tabac et d'alcool dont on nous fait grief...

Quelqu'un : Oui, notre tabac !

Un autre : Notre alcool !

Un troisième : Nos cigarettes !

Un quatrième : Notre opium !

Tous : Opium ! Opium ! Opium !

Accusé : Silence !...

(Le juge fait signe à l'accusation et lui parle à l'oreille.)

Accusateur : Oui !... C'est vrai !

(Rumeurs :) Oh !...

Accusateur : Sauf sur un point essentiel ! M. le Président ne fumait et ne buvait que la cigarette et le verre de rhum du condamné qu'il graciait !... Il faut donc remplacer le mot « condamner » par celui de « gracier », et c'est ce que je demande au tribunal de faire... à propos de son président !

Juge (à l'accusateur :) Très bien !

Avocat (au juge :) Avez-vous quelque chose à ajouter ?

Juge : Je réclame l'indulgence de l'accusé !

Accusé : Le Jury appréciera...

Avocat (se levant :) Nous allons délibérer !

(Les jurés, l'accusateur, l'avocat et l'accusé se concertent... puis regagnent leurs places.)

Accusé (se levant :) Attendu que... etc., et tenant compte du grand âge de monsieur le Président... etc., lui accordons les circonstances atténuantes... etc., et le condamnons aux frais et dépens du procès...

(La séance est levée.)

Tout va trop vite

Vous avez remarqué comme les gens marchent vite
dans la rue ?...
Il y a quelques jours,
je rencontre un monsieur que je connaissais,
je vais pour lui serrer la main,
le temps de faire le geste...
il était passé !
Eh bien j'ai serré la main à un autre monsieur
qui, lui, tendait la sienne à un ami
qui était déjà passé depuis dix minutes.

Le rire physiologique

Mon pianiste est irrésistible !
Vous avez remarqué qu'il ne riait jamais !...
Il ne peut pas !
C'est physiologique...
Vous savez que, physiologiquement, le rire résulte de la contraction des muscles du visage, ce qui provoque une modification du faciès accompagnée de sons très caractéristiques tels que :
Ha ! Ha ! Ha ! Ha ! Ha !
Ou encore :
Hi ! Hi ! Hi ! Hi ! Hi !
C'est irrésistible !
Le rire est caractérisé en outre par une respiration saccadée...
Cette respiration s'explique par des convulsions des muscles expirateurs...
Hi ! Hi ! Hi ! Hi ! Hi !
Une inspiration brutale vient de temps à autre interrompre ces convulsions...
Heursshh !
Si l'expiration nécessaire ne peut se faire à temps, le rire devient douloureux !
Ha ! Ha ! Ha ! Ha ! Ha !
Le visage se congestionne,

le rieur est sur le point de s'asphyxier,
c'est irrésistible !
D'où les expressions :
« Crever de rire. »
Ou :
« Etouffer de rire. »
D'où aussi :
« Les plus courtes sont les meilleures. »
Car si la plaisanterie dure un peu trop longtemps,
que se passe-t-il ?
Les muscles abdominaux se contractent de façon
spasmodique :
Hi ! Hi ! Hi ! Hi ! Hi !
— Arrêtez, vous me faites mal au ventre !
D'où, parfois... ha ! : mixtion involontaire,
c'est-à-dire que le rieur fait pipi dans sa culotte...
C'est le cas de mon pianiste... C'est pourquoi il ne
rit pas.
Il se retient !
(Au pianiste :)
N'est-ce pas ?
Dites ? Laissez-vous aller un peu à rire
pour illustrer ma démonstration !
Pianiste (se laissant aller :) Ha ! Ha ! Ha ! Ha !
Ha !
(Le pianiste change d'expression, se lève et sort.)
Vous voyez ?... Ça fait partie de ces choses qui
vous échappent !

Ma femme

Ma femme est d'une timidité !... Moi aussi... je suis timide !... Quand on s'est connus, ma femme et moi... on était tellement timides tous les deux... qu'on n'osait pas se regarder !

Maintenant, on ne peut plus se voir !

... Remarquez... je ne devrais pas dire du mal de ma femme... parce que... au fond, on s'aime beaucoup !

J'ai toujours peur qu'elle manque de quelque chose. Quelquefois, je lui dis :

— Tu n'as besoin de rien ?

Elle me dit :

— Non ! Non !

Je lui dis :

— Tu n'as pas besoin d'argent ?

Elle me dit :

— Non ! Non, j'en ai !

Eh bien, je lui dis, alors : Passe-m'en un peu... parce que, moi, je n'en ai plus !

Nous n'avons pas les mêmes goûts ! Par exemple, moi, je dors la fenêtre ouverte ; elle dort la fenêtre fermée. Alors, la nuit, je me lève pour ouvrir la fenêtre ; elle se lève pour fermer la fenêtre ! Je me relève pour ouvrir la fenêtre ; elle se relève pour fermer la fenêtre. Alors... je me relève pour ouvrir la fenêtre. Elle comprend que je suis le plus fort... Elle vient se blottir contre moi, elle ronronne, elle roucoule... Alors, je vais fermer la fenêtre pour que les voisins n'entendent pas !

Quelquefois, elle me dit :

— Je ne suis pas assez belle pour toi !

Je lui dis :

— Mais si ! Si tu étais plus belle, je me serais déjà lassé... Tandis que là... ! je ne m'y suis pas encore habitué !

Ah ! il n'y a rien à faire !

En coup de vent

L'été dernier... j'avais trouvé un petit hôtel au bord de la mer, pour être tranquille !... Je n'ai pas fermé l'œil de la nuit ! Au petit jour, j'ai fait la valise, je suis allé voir le patron de l'hôtel. Je lui dis :

— Qu'est-ce que c'est que votre hôtel ? Le voisin d'à côté n'a pas arrêté de siffler de la nuit.

Il me dit :

— Ce n'est pas le voisin, c'est le vent !

Je dis :

— Les portes qui claquent ?

Il dit :

— C'est le vent !

Je dis :

— Ce n'est pas le vent qui faisait tout ce vacarme ?

Il dit :

— Si ! Chaque fois qu'il y a un coup de vent, il y a un élément de la maison qui s'en va !

J'ai dit :

— Vous le remplacez ?

Il dit :

— Ça coûterait trop cher... Pensez ! Un pan de mur, à l'heure actuelle, ça va chercher plusieurs milliers de francs.

J'ai dit :

— Légers ?

Il me dit :

— Non, lourds ! Légers ?... Pensez... Avec le vent qu'il fait...

J'ai dit :

— Ça vous fait des chambres en moins, ça !

Il me dit :

— Oui ! J'ai débuté ici avec cent chambres... Il m'en reste huit !

Je lui dis :

— Les clients ne doivent pas rester ?

Il me dit :

— Non !... Un coup de vent et... pfuit... il y a un client qui s'en va ! Je perds en moyenne deux clients par nuit !

Je lui dis :

— Ils ne disent rien ?

Il me dit :

— Non ! Ils sont soufflés ! D'ailleurs, vous êtes le premier client à prendre la porte... Tous les autres sont sortis par la fenêtre !

Je lui dis :

— Quand ils sortent par la fenêtre comme ça... ils ne vous paient pas ?

Il dit :

— Non ! C'est du vol !

Je lui dis :

— Vous ne les poursuivez pas ?

Il me dit :

— Les poursuivre ?... Avec le vent qu'il fait ! Ça mènerait trop loin !

Je dis :

— Il n'y en a pas qui reviennent ?

Il me dit :

— Si ! Quelquefois... quand le vent tourne ! Ce sont des clients de passage.

Point de tête

Je connais un monsieur. Avant, il avait un front
énorme. Et depuis peu...
sa tête s'est réduite... à sa plus simple expression !
Parce qu'il écoute tout ce qu'on dit...
Vous savez que, plus on bourre le crâne des gens,
plus leur tête rétrécit...
... Je vois mon voisin,
Avant, c'était une forte tête...
Eh bien, depuis qu'il écoute tout ce que l'on dit, sa
tête s'est réduite...
Elle n'est pas plus grosse que mon poing.
A tel point
que lorsqu'il lève la tête,
on croit qu'il lève le poing !
Alors, on le traite de communiste !
Il n'est pas communiste, il est franc-maçon.
Forcément, avec sa tête comme son poing
et ses deux autres poings,
ça lui fait ses trois points !
Au cours d'une manifestation,
on l'a accusé d'avoir donné un coup de poing...
alors qu'il était là sur un coup de tête !
Lui-même,
il ne sait plus où il en est.

Exemple :

Il avait un cheveu sur la langue qui l'empêchait de parler...

Eh bien, depuis que sa forte tête est devenue son point faible,

il prend le cheveu qu'il a sur la langue pour un poil dans la main !

Ça ne l'empêche pas de parler,

mais ça l'empêche de travailler !

La nuit, au lieu de dormir la bouche ouverte, il dort à poings fermés.

Moi-même qui ai toujours eu la grosse tête,

je sens qu'elle diminue à vue d'œil.

Car cela se voit...

Dans la rue, l'autre jour,

quelqu'un m'interpelle :

— Salut p'tite tête !

Je me retourne, c'était mon voisin !

Je ne l'avais pas reconnu !...

Forcément...

(Il montre le poing.)

Avec une tête pareille !

Quand il s'est approché,

J'ai cru qu'il me menaçait du poing.

Je lui ai fait une grosse tête !

Alors, là, je l'ai reconnu... et je me suis excusé !

Sauver la face

On a beau ne pas être des machines, on s'use !
On s'use ! De temps en temps, il faut se faire faire
une petite révision générale.

Moi, j'en viens !

Je suis allé voir un spécialiste des organes...

Quand il m'a vu arriver, il a fait :

— Ah !... Il y a longtemps que vous vivez là-
dedans ?

— Ça va faire quarante ans !... Et sans faire de
réparations !

— Ça se voit !... A priori, il faudrait tout abattre !

— ! ! !...

Quand il m'a dit cela, moi qui me trouvais bien,
j'ai failli me trouver mal !

J'ai dit :

— Oh ! Eh ! Non ! Moi, je voudrais simplement
que vous me remplaciez les organes usagés.

— Ça ne vaut pas le coup ! Et puis quand je
vous aurai greffé un rein ou transplanté le cœur
d'un autre, ce n'est pas cela qui vous fera une belle
jambe.

— Vous n'avez qu'à me greffer une autre jambe.

— Hé ! c'est que je n'en ai pas sous la main !...
C'est qu'une jambe, ça ne court pas les rues !

— Si vous en voyez une qui traîne par là...

— Je vous la mettrai de côté. Mais je vous préviens... une jambe, cela va vous coûter les yeux de la tête !

— Tiens ! Je croyais que la greffe, c'était à l'œil !

— Heureusement que ce n'est pas à l'œil !... Ici, tout ce qui est à l'œil est hors de prix ! Il y a combien de temps que vous vivez là-dedans, m'avez-vous dit ?

— Quarante ans ?

— Dans la même peau ?

— Dans la même peau.

— Eh bien, il serait temps d'en changer.

— Si vous avez une peau de rechange...

— Vous n'avez pas de chance... En ce moment, je manque de peau ! Et puis fermez un peu les yeux pour voir ! ! !... Est-ce que vous distinguez quelque chose à l'intérieur ?...

— Oui, je vois comme une petite lueur.

— Alors, tout espoir n'est pas perdu... Vous avez encore une vie intérieure !

— Et pour l'extérieur ?...

— A votre place, je continuerais de marcher comme cela, en essayant de ne rien perdre en route !... Et puis je me laisserais pousser la moustache.

— Vous croyez que cela sauverait la face ?

— Non ! Mais cela en cacherait une partie !

Le flux et le reflux

Cet été, sur la plage,
Il y avait un monsieur qui riait !
Il était tout seul,
Il riait ! Il riait ! Ha, ha, ha !
Il descendait avec la mer...
Ha, ha, ha !
Il remontait avec la mer...
Ha, ha, ha !
Je lui dis :
— Pourquoi riez-vous ?
Il me dit :
— C'est le flux et le reflux...
Je lui dis :
— Eh bien, quoi, le flux et le reflux ?
Il me dit :
— Le flux et le reflux me font « marée » !

Parler pour ne rien dire

Mesdames et messieurs..., je vous signale tout de suite que je vais parler pour ne rien dire.

Oh ! je sais !

Vous pensez :

« S'il n'a rien à dire... il ferait mieux de se taire ! »

Evidemment ! Mais c'est trop facile !... C'est trop facile !

Vous voudriez que je fasse comme tous ceux qui n'ont rien à dire et qui le gardent pour eux ?

Eh bien, non ! Mesdames et messieurs, moi, lorsque je n'ai rien à dire, je veux qu'on le sache ! Je veux en faire profiter les autres !

Et si, vous-mêmes, mesdames et messieurs, vous n'avez rien à dire, eh bien, on en parle, on en discute !

Je ne suis pas ennemi du colloque.

Mais, me direz-vous, si on parle pour ne rien dire, de quoi allons-nous parler ?

Eh bien, de rien ! De rien !

Car rien... ce n'est pas rien !

La preuve, c'est que l'on peut le soustraire.

Exemple :

Rien moins rien = moins que rien !

Si l'on peut trouver moins que rien, c'est que rien vaut déjà quelque chose !

On peut acheter quelque chose avec rien !

En le multipliant !

Une fois rien... c'est rien !

Deux fois rien... ce n'est pas beaucoup !

Mais trois fois rien !... Pour trois fois rien, on peut déjà acheter quelque chose... et pour pas cher !

Maintenant, si vous multipliez trois fois rien par trois fois rien :

Rien multiplié par rien = rien.

Trois multiplié par trois = neuf.

Cela fait : rien de neuf !

Oui... Ce n'est pas la peine d'en parler !

Bon ! Parlons d'autre chose ! Parlons de la situation, tenez !

Sans préciser laquelle !

Si vous le permettez, je vais faire brièvement l'historique de la situation, quelle qu'elle soit !

Il y a quelques mois, souvenez-vous, la situation pour n'être pas pire que celle d'aujourd'hui n'en était pas meilleure non plus !

Déjà, nous allions vers la catastrophe et nous le savions... Nous en étions conscients !

Car il ne faudrait pas croire que les responsables d'hier étaient plus ignorants de la situation que ne le sont ceux d'aujourd'hui !

Oui ! La catastrophe, nous le pensions, était pour demain !

C'est-à-dire qu'en fait elle devait être pour aujourd'hui ! Si mes calculs sont justes !

Or, que voyons-nous aujourd'hui ?

Qu'elle est toujours pour demain !

Alors, je vous pose la question, mesdames et messieurs :

Est-ce en remettant toujours au lendemain la catastrophe que nous pourrions faire le jour même que nous l'éviterons ? D'ailleurs, je vous signale entre parenthèses que si le gouvernement actuel n'est pas capable d'assurer la catastrophe, il est possible que l'opposition s'en empare !

La tête chercheuse

On me vole tout en ce moment ! ! !

La pompe de mon vélo.. je la porte toujours sur moi pour qu'on ne me la vole pas !... et j'ai bien fait, parce que mon vélo... on me l'a volé ! ! !

On m'a tout volé ! ! ! Enfin, pas tout ! On m'a volé le cadre ! Voilà ce qu'il reste... *(Il montre au public la roue arrière et la roue avant munie du guidon.)*

Il y en a qui se seraient affolés : « On m'a pris mon cadre ! »

Moi, système D !... Avec la roue arrière, j'ai fait la roue porteuse. Alors, pour monter là-dessus, il vous faut des pinces... pour pincer le pantalon... afin qu'il ne se prenne pas dans la chaîne ! *(Constatant qu'il n'y a pas de chaîne :)* On m'a volé ma chaîne ! ! ! Les pinces... on m'a volé mes pinces ! ! ! Mais alors... système D... avec la bretelle « hop » ! *(Il détache la bretelle droite et l'attache au bas du pantalon de la jambe droite... qui s'en trouve relevé.)* L'autre côté ! *(Même manœuvre à gauche.)*... Vérifiez le parallélisme !... Regardez comme le bas tient !... C'est le haut qui ne tient plus...

On m'a volé ma ceinture ! ! !

Ah ! recommandation !... Si vous marchez avec

ça... ne vous laissez pas entraîner... parce que...

(Il lève une jambe... l'autre suit... ce qui finit par donner un mouvement de bielle aux deux jambes.)

Les avantages de ça ? Multiples...

Vous montez un escalier... hop ! une marche... *(Il lève une jambe... qui reste suspendue ! ! !)...* Pour descendre, c'est plus difficile... Je vous conseille de prendre l'ascenseur !

Pour l'ascenseur, il n'y a pas de problème ! Vous ouvrez les portes de l'ascenseur... *(il écarte les bretelles)...* vous rentrez dans l'ascenseur... *(il fait passer les bretelles derrière son dos)...* vous fermez les portes de l'ascenseur... *(il se retourne et rassemble les bretelles derrière lui)...* derrière vous ! *(Se retournant à nouveau :)* Ah ! supposez qu'arrivé au rez-de-chaussée, vous ayez oublié de cirer vos chaussures... Ça arrive !... Vous n'êtes pas obligé de remonter ! Décrochez la bretelle... délacez la chaussure ! Piquez la bretelle dans la chaussure... tirez sur le cordon... et hop !... la chaussure remonte toute seule !..

Bon ! Alors... pour monter là-dessus *(roue porteuse)* la pédale en bas ! Regardez bien, parce que je n'expliquerai pas deux fois !... Un petit mouvement d'arrière en avant... hop ! *(Il rate.)...* Je recommence... pour celui qui n'aurait pas compris !... Un petit mouvement d'arrière en avant... hop ! c'est parti ! *(Il fait un petit tour sur la roue porteuse.)*

Pour s'arrêter, c'est enfantin... hop ! *(Il écarte les bretelles et la roue porteuse s'arrête.)...* Compris ?

Sur la route, il vous faut la tête chercheuse. *(Il prend la roue avant, porteuse du guidon.)*

Alors... vous montez sur la roue porteuse... et avec la tête chercheuse... vous cherchez la route...

Dans les cols et les lacets, c'est formidable !...

La direction est indépendante de ma volonté !

Dans les côtes... c'est extraordinaire ! Ça grimpe !...
On ne s'en aperçoit pas.

(Il sort sur la roue porteuse, tenant haut la tête chercheuse.)

Dégoûtant personnage

Il est curieux ! Ce type !
Il est curieux !
Tout à l'heure, dans la rue, je regardais passer une jolie femme...
Il la regardait aussi !
La même !
Je lui ai dit :
— A quoi pensiez-vous en regardant cette jolie femme ?
Il m'a dit :
— A la même chose que vous !
Je lui ai dit :
— Vous êtes un dégoûtant personnage !

L'ordre et le désordre ou le tiercé

Ça y est !... J'ai gagné le tiercé !

(Heureux et ému :) J'ai gagné !

(Les larmes aux yeux :) J'ai gagné !

(Avec conviction et repentir :) O mon Dieu ! pourquoi m'avez-vous procuré une si grande joie ?... Que vous ai-je fait ? Oh ! je sais ! Vous allez me dire :

— Tu n'avais pas à jouer au tiercé ! Tu n'as que ce que tu mérites ! C'est bien fait pour toi !

C'est vrai !... Pourtant, je l'ai fait sans malice. Oui, j'ai joué ! J'ai joué ! Le huit, le trois et le quatre dans l'ordre ! Comme j'aurais pu jouer le quatre, le huit et le trois dans le désordre ! Ce n'était pas prémédité !

Mon Dieu, je vous jure que je n'ai pas joué dans l'espoir de gagner !...

Mes intentions étaient pures ! Je n'ai fait que suivre l'exemple des autres... Tout le monde joue au tiercé et personne ne gagne jamais...

Alors... pourquoi moi ?...

Pourquoi cet acharnement ?...

Peut-être vouliez-vous m'éprouver ?...

Si c'est cela, je déchire mon ticket !

(Sur le point de le faire :) Mon Dieu, donnez-moi

la force et le courage de renoncer aux biens de ce monde !

(Hésitant :) O mon Dieu ! pourquoi retenir mon bras !...

(S'acharnant :) Non ! Non ! Laissez-moi faire... Pourquoi m'empêchez-vous de déchirer le ticket ? N'avons-nous pas toujours vécu humblement, ma femme, mon fils et moi, dans l'ordre ? Dans un trois pièces : chambre, cuisine, toilettes, dans le désordre ? N'ai-je pas toujours accepté avec joie et résignation les épreuves que le ciel a eu la bonté de m'envoyer régulièrement ? N'ai-je pas toujours gardé à mes côtés la sainte femme que vous m'avez choisie en pénitence de mes fautes ? N'ai-je pas repoussé cent fois le démon de la chair, lorsque celui-ci se présentait à moi en jupe courte et en décolleté ? Avouez qu'il y avait de quoi se méprendre ! Ne souriez plus, laissez-moi déchirer mon ticket *(nouvelle tentative)*, je n'en ai plus la force ! Je sens que vous m'abandonnez ! Seigneur ! Vous qui m'avez toujours maintenu dans une certaine pauvreté, ne permettez pas que votre serviteur sombre dans l'opulence !

Avec la bénédiction, là-haut, du Père, du Fils et du Saint-Esprit, dans l'ordre ! Je resterai humble, pauvre et fidèle dans le désordre... ici-bas !

(Levant son ticket vers le ciel :) Tenez ! Déchirez-le vous-même !

(Soupirant :) Bon ! Eh bien, je vais aller le toucher.

Minorités agissantes

Vous savez que, jadis, je faisais de la politique comme tout le monde.

Je m'occupais de minorités agissantes.

J'organisais des réunions publiques clandestines.

Et au cours d'une de ces réunions,

tandis que j'exposais mon programme,

alors que la majorité de la minorité était d'accord avec mes idées,

je remarquais, à côté de moi, un homme qui ne disait rien.

Inquiétant, non, un homme qui ne dit rien ?

Je ne sais pas si vous l'avez constaté,

mais quand un homme ne dit rien

alors que tout le monde parle,

on n'entend plus que lui !

Redoutable !

Je n'en continuais pas moins mon exposé...

mais je commençais à faire attention à ce que je disais.

De temps en temps, je me tournais vers celui qui ne disait rien,

pour savoir ce qu'il en pensait...

Mais comment voulez-vous savoir ce que pense quelqu'un qui ne dit rien... et qui en plus écoute...

Car, de plus, il écoutait !

Je me dis : « Il est en train de saper ma réunion. Abrégeons ! »

J'ai dit :

— Mes amis,

puisque vous êtes tous d'accord avec mes idées... Quelqu'un s'est levé.

Il m'a dit :

— Monsieur,

toute réflexion faite, nous serions plutôt de l'avis de ce monsieur qui n'a rien dit.

Et ils ont quitté la salle !

Sauf celui qui n'avait rien dit.

... Restés seuls, je lui ai dit :

— Monsieur, bravo !

Je viens de parler à ces gens pendant une heure et ils ne m'ont pas écouté.

Vous, vous n'avez rien dit et

ils vous ont entendu !

Chapeau !

Il m'a regardé, il a sorti sa carte, y a griffonné quelque chose dessus et me l'a tendue.

Et j'y ai lu :

« Bien que sourd et muet,

je suis entièrement d'accord avec vos idées. »

Alors, depuis...

je ne m'occupe plus que de la majorité silencieuse.

Face au miroir

Qu'est-ce qu'il y a comme têtes qui se perdent.
Dernièrement, je rencontre un monsieur qui se
tenait la tête dans les mains :

— J'ai perdu la tête ! J'ai perdu la tête !

Je lui dis :

— Et celle que vous avez dans les mains ?

Il me dit (montrant ses mains) :

— Qu'est-ce que j'ai dans les mains ? Il n'y a rien
dans mes mains. Vous dites cela pour me rassurer,
mais je ne suis pas dupe ! J'ai perdu la tête ! Il faut
que je la retrouve à tout prix ! J'en ai besoin !

Je lui dis :

— Pourquoi avez-vous besoin de votre tête ?

Il me dit :

— Pour me pendre !

Je lui dis :

— Vous voulez vous pendre ?

Il me dit :

— Oui ! Et je ne peux décemment pas me pendre
sans ma tête !

Je lui dis :

— Vous pouvez toujours vous pendre par les
pieds !

Il me dit :

— Ah ! ça ne m'est pas venu à l'esprit !... Et puis, à la réflexion, non ! On va dire : « Oui ! Il s'est pendu par les pieds, mais sa tête court toujours !... »

Je me dis : « Bon ! Il s'entête... Prenons le contre-pied ! »

Je lui dis :

— A quoi ressemblait-elle, votre tête, avant que vous ne la perdiez ?

Il me dit *(me montrant sa photo :)*

— A ça !

Je lui dis :

— C'est drôle... J'ai déjà vu cette tête-là quelque part !

Il me dit :

— Ça m'étonnerait ! Je n'y ai jamais mis les pieds !

Je lui dis :

— Tiens ! Vous avez l'air d'être plus grand là-dessus !

Il me dit :

— C'est que... j'avais une tête de plus !

Je lui dis :

— ! ! ! Et puis... vous aviez déjà le regard fuyant !

Il me dit :

— Oui ! Et comme ma tête a suivi mon regard... Je l'ai perdue de vue !

(! ! ! Quand j'ai vu que c'en était à ce degré-là... je me suis dit : « Il faut que je fasse quelque chose pour ce malheureux ! ») Alors j'ai sorti un miroir que j'avais dans la poche... Je le lui ai présenté.

Je lui ai dit :

— Dites donc... votre tête ? Ça ne serait pas celle-là... par hasard ?

Il me dit :

— Toute réflexion faite... Si ! Où était-elle ?
Je lui dis :
— Elle était sous vos yeux !
Il me dit :
— Ah ! c'est pour cela que je ne la voyais pas !...
Monsieur, vous me sauvez la vie... Je vais pouvoir
me pendre sans arrière-pensée...
Il a pris une corde...
Il l'a accrochée à une poutre...
Il a fait un nœud coulant au bout de la corde...
Il a passé le miroir dans le nœud coulant...
Il a serré... et
il a pendu son miroir !
Mais la corde s'est rompue...
et le miroir s'est brisé.
Il s'est repris la tête dans les mains.
Il a dit :
— Ma tête ! Ma tête !
Je lui ai dit :
— Eh bien, quoi ? Vous l'avez retrouvée votre
tête ?
Il me dit :
— Oui !... Mais maintenant... elle est cassée.

*(Il ouvre les mains, et l'on découvre un visage
complètement « défait ».)*

Félicité

Il y a des expressions curieuses !
Hier au soir,
en sortant de scène,
un monsieur me dit :
— Je me félicite de votre succès !
Je lui dis :
— ... Mais... vous n'y êtes pour rien !
Et puis,
à la réflexion,
je me suis dit qu'il y était
tout de même pour quelque chose !
Alors, j'ai rectifié.
Je lui ai dit :
— Monsieur... je vous félicite
de mon succès !

L'homme qui fait la valise

> « Il y a des gens bizarres
> dans les trains et dans les gares... »

Dernièrement,
je prends le train.
J'entre dans un compartiment.
Je vais pour mettre ma valise dans le filet...
il y avait déjà quelqu'un !
Je lui dis :
— Qu'est-ce que vous faites là ?
Il me dit :
— J'attends !
Moi :
— Vous attendez quoi ?
Lui :
— Qu'on vienne me retirer !
Moi :
— Qui êtes-vous ?
Lui :
— Je suis une valise.
Moi :
— ... Une valise ?... Qu'est-ce qui vous fait croire
que vous êtes une valise ?

Lui :

— Vous ne voyez pas ?... J'ai un côté cadre... *(Il dessine dans l'espace une figure géométrique.)* Je n'arrive pas à me recycler.

Moi :

— Dites donc... Vous vous portez bien, vous ?

Lui :

— Bof... Je me porte comme une valise... J'ai des hauts et des bas !

Moi :

— ... Mais avant d'être une valise, vous étiez bien quelqu'un ?

Lui :

— Oui, j'étais un voyageur sans bagage.

Moi :

— Et alors ?

Lui :

— Et alors, le jour où j'en ai eu assez, j'ai fait la valise...

Moi :

— Quel jour ?

Lui :

— Le jour où ma femme a fait la malle !

Moi :

— Vous avez de la famille ?

Lui :

— J'ai une sœur.

Moi :

— Je pourrais peut-être la prévenir qu'elle vienne vous chercher.

Lui :

— Pensez-vous. Elle n'est pas assez grande pour voyager toute seule. C'est une toute petite valise. Il faut toujours la tenir par la main.

Moi :

— Qu'est-ce que vous trimbalez ?...

Lui :

— Que des effets personnels.

Moi :

— Mais enfin... mon vieux, réfléchissez... Vous ne pouvez pas être une valise.

Lui :

— Pourquoi ?

Moi :

— Parce que vous n'avez pas d'étiquette.

Lui :

— Quel ballot je fais...

Il est allé s'en acheter une...

Les parcmètres

Les parcmètres, c'est une tricherie !
Vous savez que ça rapporte une fortune aux pouvoirs publics ?
Une fortune !
Je le sais parce que mon voisin
s'est fait installer un
petit parcmètre clandestin devant chez lui...
Tous les soirs, il va retirer la recette...
Il vit bien !
Il s'est même acheté une voiture !
Evidemment, il l'a mise devant
son parcmètre.
Depuis, il ne fait plus un rond.
Mais ça, c'est de sa faute !

Radioscopie

*Monsieur, les yeux dans le vague, siffle ou fredonne
un air... On sonne à la porte...*

*Mme F... (venant de la pièce d'à côté et s'adres-
sant à son mari :)* Baisse le son... on a sonné !
*(Elle va ouvrir. Un reporter entre, portant son
magnétophone en bandoulière...)*
Reporter : C'est pour la radio...
Mme F... (désignant son mari :) Mon mari est
là !... Entrez *(Elle referme la porte et se retire.)*
Reporter : Monsieur, c'est la radiodiffusion fran-
çaise... *(Il déroule le fil du micro et met son appa-
reil en marche.)*
M. F... : Je vous écoute...
Reporter : On m'a dit qu'il se passait en vous des
phénomènes étranges ?
M. F... : C'est exact !
Reporter : Pour les auditeurs... Pouvez-vous les
expliquer ?
M. F... : Eh bien, voilà... Je suis traversé par des
milliers d'ondes...
Reporter : Il n'y a rien là d'extraordinaire...
Nous sommes tous traversés par les ondes... Moi-
même...

M. F... : Oui ! Mais chez vous, elles ne font que passer, tandis que, moi, je les intercepte !

Reporter : Vous voulez dire... à la manière d'un poste de radio ?

M. F... : Un poste récepteur... Très justement, je suis un poste récepteur ! J'entendais la radio du voisin, et ce jusqu'à une heure avancée de la nuit ! Alors, un jour, je suis allé lui dire de fermer son poste... Eh bien, monsieur, il n'en avait pas !

Reporter : Il n'avait pas de poste ?

M. F... : Non... Et en m'écoutant plus attentivement, j'ai découvert que ça se passait dans ma tête !

Reporter : Vous avez consulté un spécialiste ?

M. F... : Oui !... Il m'a fait passer une radio !

Reporter : Résultat ?

M. F... : Eh bien, d'après lui... les ondes sonores que je perçois sont captées par le système nerveux... retransmises jusqu'au nerf auditif et amplifiées par les cavités membraneuses de la boîte crânienne qui forme caisse de résonance... Comme mon système auditif interne est inversé, j'entends tout !

Reporter : C'est infernal !

M. F... : Ah ! c'est infernal ! Tenez, en ce moment, je suis traversé par un menuet de Mozart. *(Il le chante.)*

Reporter : C'est ce que vous entendez ?

M. F... : Oui ! *(Et il continue de chanter.)*

Reporter : C'est intenable !

(Monsieur fait signe que oui, tout en continuant de fredonner...)

Reporter : Et... vous captez toutes les émissions ?

M. F... : Non, je ne reçois que les grandes ondes...

Reporter : Pas les courtes ?

M. F... : Non ! Je ne peux pas les avoir... je ne sais pas pourquoi !

Reporter : C'est dommage... parce qu'il y a de bons programmes... L'autre jour, j'écoutais un conférencier...

M. F... : « Dents blanches... haleine fraîche... super-dentifrice... »

Reporter : Qu'est-ce que vous dites ?

M. F... : Je dis que « Super-savon... »

Reporter : Quoi ?

M. F... : Rien... Je suis sur Europe 1... Ne faites pas attention... Continuez...

Reporter : Je disais que l'autre jour...

M. M... : « Bravo, M. Ségalot, ça c'est du meuble !... » Je vous demande pardon ! je vais changer de poste parce que... *(Il change de position.)*... Voilà ! Je vous écoute...

Reporter : Je...

M. F... : Tsin, tsin, tsin... Tsin, tsin ! Encore !... Excusez-moi, je suis revenu... Je vais prendre France-Inter, on sera plus tranquille... *(Il prend une nouvelle position.)* Là... Alors ?

Reporter : Vous pouvez passer d'un poste à l'autre ?

M. F... : A volonté !... A volonté !... J'ai encore la faculté de choisir.

Reporter : Ah ! tout de même !

M. F... : Ah oui ! tout de même... Je suis sonné, mais pas encore abruti ! Tenez, je vais me brancher sur R.T.L... C'est *(il cherche une attitude)* dans cette zone-là...

Reporter : Comment vous repérez-vous ?

M. F... : A la feuille... uniquement à la feuille ! Ça y est ! C'est la météo !... Alors... Où en étions-nous ?

Reporter : Je voudrais que vous disiez à nos auditeurs...

M. F... : Tiens !

Reporter : Quoi ?

M. F... : Temps frais et pluvieux sur l'ensemble du pays !

Reporter (impatient :) Non !

M. F... : Si... avec quelques ondées matinales sur les massifs montagneux.

Reporter (excédé :) Oui, mais ça, les auditeurs s'en moquent !

M. F... (se montant :) Moi aussi, mais c'est ce que j'entends, c'est tout ! Bon, alors ?

Reporter : Vous devez avoir une vie épouvantable ?

M. F... : Oh ! je ne me plains pas !... Il y en a qui sont plus malheureux que moi... Mon frère, tenez !

Reporter : C'est aussi une radio ?

M. F... : Non, lui... c'est une télé !

Reporter : C'est encore pire !

M. F... : Ah oui ! Parce que, tous les soirs, à partir de dix-neuf heures trente, on l'installe sur une chaise et tous les voisins viennent le regarder dans les yeux... Ils peuvent y voir tous les programmes...

Reporter : A l'œil ?

M. F... : A l'œil !

Reporter : Combien de chaînes ?

M. F... : Deux ! Un œil pour chaque chaîne ! Tous les soirs, ils sont là...! fidèles au poste, et si mon frère a le malheur de fermer les yeux avant la fin de l'émission... ils ne sont pas contents !

Reporter : Dites-moi... pour terminer... je voudrais faire écouter à nos auditeurs ce que vous entendez vous-même... en ce moment... à l'intérieur !

M. F... : C'est un twist !

Reporter : Vous permettez ?... *(Il approche son micro.)* Silence !

Mme F... *(entrant)* : Dis-moi...

M. F... : Chut ! il est en train de m'enregistrer ! Silence...

Reporter : C'est tout ! Je vous remercie. *(Il range son micro et ses fils.) (A madame :)* L'émission passera.

M. F... : Ce n'est pas la peine... elle ne m'écoute pas !

Reporter : Alors... au revoir, messieurs-dames ! *(Il sort.)*

Mme F... : Quel est ton programme, ce soir ?

M. F... : Wagner... sur France-Culture...

Mme F... : Bon ! Eh bien, je vais voir ton frère... *(Elle sort.)*

M. F... : Elle préfère la télé !

Fugue et variations

En scène, un pupitre.
Sur ce pupitre, une partition : Fugue n° 28.
Pierre, qui en termine la composition, écoute un
ami...

Ami : Si j'ai bien compris... chaque fois que votre femme fait une fugue... vous, vous en écrivez une !

Pierre : C'est ça ! Celle-ci... c'est la 28ᵉ !

Ami : Votre femme a fait 28 fugues ?

Pierre : Non ! 29... Seulement, comme les dernières étaient toutes petites, je les ai comptées pour une.

Ami : Ah ben ! c'est gentil, ça !

Pierre : Qu'est-ce que vous voulez ! Il ne faut pas être regardant !

Ami : Oui ! Une de plus... une de moins !

Pierre : Ne croyez pas ça !... On ne fait pas une fugue aussi facilement ! Bon !... On a un départ !... Encore faut-il savoir où l'on va !

Ami : En général, où va-t-elle ?

Pierre : Ça dépend de la richesse du sujet ! Plus le sujet est riche... plus la fugue est longue !

Ami : Et dans le cas contraire ?

Pierre : Il s'épuise tout de suite.

Ami : Et il faut lui trouver un autre sujet ?

Pierre : Oui ! Et ça repart !

Ami : Et quand elle revient ?

Pierre : Je la lui joue...

Ami : Et alors ?

Pierre : Elle repart !

Ami : Pourquoi ? Elle n'aime pas ça ?

Pierre : Si... ! puisqu'elle revient !

Ami : Tout de même ! 28 fugues...

Pierre : Eh oui ! J'approche de la trentaine !

Ami : On ne vous les donnerait pas, dites donc !

Pierre : Vous verriez ma femme... vous m'en donneriez plus !

(On frappe. Pierre va ouvrir, c'est sa femme qui revient.)

Pierre : Ah ! c'est toi ?

Hortense : Oui ! Tu ne me dis pas bonjour ?

Pierre (empressé :) Si ! Bonjour ! Entre ! Je suis heureux que tu sois de retour parce que... tiens ! Je te présente un ami ! Un amateur de fugues...

Hortense (à l'ami :) Tiens ! Vous aussi ?... Enchantée !

Pierre : Puisque tu es là... je vais te jouer ma...

Hortense : Ah ! tu as encore fait une fugue pendant mon absence !

Pierre : Je t'en demande pardon... c'était plus fort que moi !

Hortense : C'est grotesque !

Pierre : Je te prie de m'excuser.

Hortense : Tu ne recommenceras plus ?

Pierre : Je te le jure ! C'est la dernière !

Hortense : Alors, j'écoute.

Pierre : Ah !

Ami : ... Je vais prendre congé...

106

Hortense : Non ! Restez ! Vous n'êtes pas de trop !

Pierre : Oui ! Oui ! Asseyez-vous !

(Hortense et l'ami prennent place sur le canapé. Pierre commence l'exécution du morceau à la flûte.)

Hortense (à l'ami :) Il met toutes mes fredaines en musique.

(Pierre poursuit l'exécution de la fugue. Hortense pose doucement sa main sur celle de l'ami.)

Ami (surpris et retirant sa main :) Vous m'avez touché !

Pierre (croyant que c'est à lui que ce discours s'adresse :) Je vous remercie.

(Il poursuit.)

Hortense (caressant la joue de l'ami :) Ça ne manque pas de piquant !

Pierre : ... Je vous remercie... mais plus bas, c'est encore mieux !

(Il poursuit. Hortense et l'ami sont un peu gênés.)

Pierre : Excusez-moi ! J'ai été trop vite ! Je reprends plus haut !

Hortense : C'est ça ! *(Elle caresse de nouveau la joue de l'ami.)*

Ami (à Hortense :) C'est très agréable !

Pierre : Je vous remercie !

(Il poursuit.)

Hortense : C'est séduisant !

Pierre : Je vous remercie !

(On entend le bruit d'un baiser.)

Pierre : Tiens !

(Nouveau bruit de baiser.)

Pierre : Tiens ! *(Parlant de sa flûte :)* Elle ne bouche pas bien !

(Il recommence à jouer. Hortense et l'ami se donnent des signes de tendresse mutuelle.)

Pierre (s'arrêtant :) Comment la trouvez-vous ?

Ami : Très belle !

Pierre : Elle vous plaît ?

Ami : Beaucoup !

Pierre : Eh bien, la prochaine, je l'écrirai pour vous.

Hortense : Chéri ! Tu as du génie !

Pierre : Je te remercie !

Et pendant qu'il poursuit sa fugue, Hortense et l'ami sortent, amoureusement enlacés.

Quand Pierre a terminé sa fugue, il se retourne, satisfait, mais, se retrouvant seul, il comprend !

Alors, il déchire la partition... tranquillement... Il jette les morceaux... et écrit sur du papier à musique vierge :

Pierre : *Fugue n° 29.*

Les antipodes

On pourrait en pousser des cris d'alarme, à propos de pas mal de choses !
Parce qu'il s'en passe, des choses, dans le monde !...
Vous avez vu que les Russes avaient découvert l'antimatière...
Vous savez ce que c'est que l'antimatière ?...
C'est le contraire de la matière.
Oh ! ce n'est pas nouveau, je sais !...
De tout temps, chaque chose a eu son « anti ».
Exemple :
Un muet, c'est un antiparlementaire.
Un athée, c'est un antimoine.
Un croyant, c'est un antiseptique.
Les Arabes du Caire sont antisémites,
et les sémites sont anti-Caire.

Matière à rire

Vous savez que j'ai un esprit scientifique. Or, récemment, j'ai fait une découverte bouleversante !
En observant la matière de plus près...
j'ai vu des atomes...
qui jouaient entre eux...
et qui se tordaient de rire !
Ils s'esclaffaient !
Vous vous rendez compte...
des conséquences incalculables que cela peut avoir ?
Je n'ose pas trop en parler, parce que j'entends d'ici les savants !
— Monsieur, le rire est le propre de l'homme !
Eh oui !...
Et pourtant !
Moi, j'ai vu, de mes yeux vu...
des atomes qui : « Ha, ha, ha ! »
Maintenant, de quoi riaient-il ?
Peut-être de moi ?
Mais je n'en suis pas sûr !
Il serait intéressant de le savoir.
Parce que si l'on savait ce qui amuse les atomes, on leur fournirait matière à rire...
Si bien qu'on ne les ferait plus éclater que de rire.
Et que deviendrait la fission nucléaire ?
Une explosion de joie !

A-propos

Il y a quelque temps.

Eh bien... c'était le jour où les agents s'étaient mis en grève...

et où les pompiers avaient mis le feu quelque part à titre d'exercice.

Simplement, pour se prouver qu'ils pouvaient l'éteindre.

Donc, ce jour-là... je descends dans la rue.

Je vois un attroupement.

Je m'approche.

Je demande à quelqu'un qui était là :

— Qu'est-ce qui se passe ?... Il y a le feu ?

— Non. Il y a une manifestation.

— Ah !... Et... il n'y a pas d'agents ?

— Si ! Nous sommes tous là !

— Alors ? Qu'est-ce que vous attendez ?

— Qu'on nous augmente !

— Pourquoi ?... Vous n'êtes pas assez nombreux ?

— Si !... Mais on n'est pas assez payés.

— Alors ?...

— !... On se met en grève !

— Si les agents se mettent en grève... qui va rétablir l'ordre ?

— Il n'y a qu'à faire appel aux pompiers.

— Pourquoi les pompiers ne sont-ils pas là ?
— Parce qu'ils sont occupés ailleurs !
(Effectivement, un peu plus loin, il y avait des pompiers partout.)
Je m'approche... Je demande à un pompier qui
    était là :
— Qu'est-ce qui se passe ? Il y a une manifestation ?
— Non ! Il y a le feu !
— Ben...! vous allez l'éteindre ?
— Faut d'abord qu'on l'allume...
— ... Je croyais qu'on vous payait pour l'éteindre ?
— Ah...! mais après... on l'éteint !
— Comme ça, vous serez payés !
— Si on ne l'est pas, on se met en grève !
— Si les pompiers se mettent en grève... qui va
    éteindre le feu ?
— Il n'y a qu'à faire appel à l'armée.
— Pourquoi l'armée n'est-elle pas là ?
— Parce qu'elle est occupée ailleurs.
(Effectivement, un peu plus loin, il y avait des militaires partout.) Je m'approche... Je demande
    aux militaires qui étaient là :
— Hé ! les gars...! qu'est-ce qui se passe ? Vous
    n'êtes pas en grève ?
— Non !... On n'a pas le temps !
— Le cas échéant... Vous pourriez éteindre un
    incendie ?
— Ça tombe mal... On est venu ici pour ranimer la
    flamme !

Xénophobie

On en lit des choses sur les murs !...
Récemment, j'ai lu sur un mur :
« Le Portugal aux Portugais ! »
Le Portugal aux Portugais !
C'est comme si l'on mettait :
« La Suisse aux Suisses ! »
Ou :
« La France aux Français ! » ‹
Ce ne serait plus la France !
Le racisme, on vous fait une tête
comme ça avec le racisme !
Ecoutez...
J'ai un ami qui est xénophobe.
Il ne peut pas supporter
les étrangers !
Il déteste les étrangers !
Il déteste à tel point les étrangers
que lorsqu'il va dans leur pays,
il ne peut pas se supporter !

La protection des espaces vides

La force du mime !
Avant, je faisais du mime !
Je mimais celui qui fume une cigarette !
Alors, ça donnait ceci...
(Musique blues.)
(L'artiste mime rapidement l'action.)
Et ça plaisait beaucoup !
Alors, les gens criaient :
— Une autre !
J'en mimais une autre !
Et j'arrivais à mimer mes six
ou huit cigarettes dans la soirée
... avec les rappels !
Et, un jour, le directeur m'a dit :
— Ce soir, mettez le paquet !
Il y a des fumeurs dans la salle !
Alors, j'ai mimé tout le paquet.
Un triomphe !
J'en étais arrivé à mimer mon paquet tous les soirs.
Je ne pouvais plus m'en passer !
Quand j'ai commencé à mimer
la toux, j'ai arrêté !
Je n'allais pas me mimer la santé !
Ah... ! le pouvoir du mime !

Rien que d'avoir évoqué une cigarette,
tenez !... Regardez !
Il y a de la fumée dans l'air !
(Il la dissipe d'un mouvement de la main.)
Il faut dissiper tout ça !
Il ne faut pas laisser de traces
parce qu'il faut éviter de polluer
les espaces vides !
Il n'y a pas que les espaces verts
qu'il faut protéger...
Les espaces vides aussi !
Parce que vous avez des artistes,
les mimes en particulier,
ils évoquent des figures...
ils tracent des lignes comme ça...
dans l'espace...
Et une fois que c'est terminé,
ils saluent et ils sortent !
Et ils laissent toutes ces formes
fictives flotter dans l'atmosphère !
Il faudrait mettre un écriteau :
« Messieurs les mimes, vous êtes priés
de laisser l'espace aussi vide en sortant
que vous l'avez trouvé en entrant ! »
Moi, quand il m'arrive de mimer
quelqu'un qui ouvre une porte...
quand je sors, la porte, non seulement
je la ferme, mais je l'emporte !
Supposez que je mime un papillon !
Il est dans sa boîte...
J'ouvre la boîte...
(Il mime en même temps.)
Je prends le papillon...
Eh bien, le papillon, il ne faut pas
que je le laisse s'échapper !

118

Ou, s'il s'échappe, il ne faut pas
que je le quitte des yeux,
que je le perde de vue !
Parce qu'il ne faut jamais lâcher
dans la nature des papillons
qui n'existent pas !
Ça crée des fantasmes !
Après, les gens voient danser
des papillons devant leurs yeux
et ils ne savent pas d'où cela vient !
Non ! Le papillon, il faut le rattraper...
Et l'effacer...

Les langues étrangères

X : *Oh ! Sir !... Do you speak English ?*
Z : Quoi ?
X : Je vous demande si vous parlez anglais.
Z : *Oh ! yes ! And you ?*
X : Moi aussi.
Z : *How are you ?*
X : Vous me prenez au dépourvu, là !... Qu'est-ce que ça veut dire ?
Z : Je vous demande comment ça va ?
X : Ça va bien, merci !... *And you ?*
Z : *Too.* (Ils rient !)
X : *Please Sir !... Keep your hat on !*
Z : Quoi ?
X : *Keep your hat on !*
Z : Hein ?
X : Je vous dis : « Restez couvert ! »
Z : Ah ! (Il remet son couvre-chef.) *Sir !... Be so good as to mind your business... thss...*
X : J'ai bien compris qu'il fallait que je m'occupe de mes affaires... Il n'y a que le « *thss...* » qui m'a un peu échappé !
Z : Le « *thss...* », c'est le brouillard de Londres ! Ça me donne de l'asthme !
X : !... *Sie sprechen ganz english wissen sie das mein herr !*

Z : *What ?*

X : Je dis que vous parlez très bien anglais, mais je vous le dis en allemand !

Z : *Ach so !... Sprechen sie deutsch auch ?... (Prononcez au RRRRRR...)*

X : ! ! ! Il y a quelque chose qui ne passe pas là ?

Z : Le mur !

X : Ah !

Z : *Wie ghets es ihnen ?*

X : *Was ?*

Z : Je vous demande comment ça va ?

X : Ah ! vous me l'avez déjà demandé tout à l'heure !

Z : Tout à l'heure, je vous l'ai demandé en anglais : maintenant, je vous le demande en allemand. « Comment ça va ? »

X : Ça va mal !

Z : Tiens ! En anglais, ça allait bien !

X : Oui, mais en allemand, ça va mal !

Z : ! ! !

X : Si nous parlions russe pour changer un peu ?

Z : On peut toujours essayer !

X : *Kac idioti ?*

Z : *Qué sa ko ?*

X : Je vous parle russe, vous me répondez en italien, mon vieux. Faites attention !

Z : Je vous parle italien, mais vous n'êtes pas obligé de me répondre.

X : Alors, parlez tout seul, mon vieux !

Z : Quand je parle tout seul, je parle en suisse !

X : Eh bien, parlons suisse !

Z : *Amen.*

X : *Amen ?*

Z : Ben oui ! C'est du suisse d'église !

X : J'y perdrais mon latin !

A tort ou à raison

On ne sait jamais qui a raison ou qui a tort. C'est difficile de juger. Moi, j'ai longtemps donné raison à tout le monde. Jusqu'au jour où je me suis aperçu que la plupart des gens à qui je donnais raison avaient tort ! Donc, j'avais raison ! Par conséquent, j'avais tort ! Tort de donner raison à des gens qui avaient le tort de croire qu'ils avaient raison. C'est-à-dire que moi qui n'avais pas tort, je n'avais aucune raison de ne pas donner tort à des gens qui prétendaient avoir raison, alors qu'ils avaient tort. J'ai raison, non ? Puisqu'ils avaient tort ! Et sans raison, encore ! Là, j'insiste, parce que.. moi aussi, il arrive que j'aie tort. Mais quand j'ai tort, j'ai mes raisons, que je ne donne pas. Ce serait reconnaître mes torts ! ! ! J'ai raison, non ? Remarquez... il m'arrive aussi de donner raison à des gens qui ont raison aussi. Mais, là encore, c'est un tort. C'est comme si je donnais tort à des gens qui ont tort. Il n'y a pas de raison ! En résumé, je crois qu'on a toujours tort d'essayer d'avoir raison devant des gens qui ont toutes les bonnes raisons de croire qu'ils n'ont pas tort !

Les chansons que je ne chante pas

J'ai écrit une java que j'ai intitulée : *Pas de java*.
C'est vous dire que ça n'a pas beaucoup de prétention !

PAS DE JAVA

Quand tu danses la java,
Tes jambes sont si courtes...
C'est comme une plaisant'rie...
Les plus courtes sont toujours les meilleures !

Oui ! Elle n'est pas bonne... mais elle est courte.
D'ailleurs, c'est la seule que je chante !
Parce que j'en ai écrit d'autres, évidemment !
J'ai écrit :

SOUVENIRS DE VACANCES

Ah ! quel été, quel été, quel été !
Il pleuvait tant sur la côte où j'étais !
On sentait bien que l'hiver était proche !
On se baignait les deux mains dans les poches !
La p'tite amie avec laquelle j'étais...
Ah ! quel été, quel été, qu'elle était moche !

De toute façon, je ne la chante pas, celle-là !

Ah ! et puis j'en ai une autre aussi... que je chanterai peut-être un jour... si l'on insiste...

(Comme personne n'insiste, il poursuit :)

Bon ! Puisque vous insistez, je vais vous la chanter, elle s'intitule : *Conseil d'une Espagnole à son jardinier.*

Rien que le titre est décourageant :

CONSEIL D'UNE ESPAGNOLE
A SON JARDINIER

Vous finirez mal, disait l'Andalouse
A son jardinier imberbe.
Un jardinier qui sabote une pelouse
Est un assassin en herbe !

J'en ai encore une autre. Elle s'intitule : *Dernier Soupir.*

DERNIER SOUPIR

Elle était si discrète
Qu'après avoir rendu
Son tout dernier soupir... Rhah !...
Elle en rendit un autre
Que personne n'entendit...

Bon ! Ecoutez ! Pour ne pas vous laisser sur une mauvaise impression, je vais vous chanter un tango que j'ai intitulé : *Se coucher tard.*

SE COUCHER TARD

Se coucher tard... (Trois... quatre...) *Nuit !*
C'est la plus courte que j'ai faite. L'avantage qu'elle soit courte, c'est qu'on peut la répéter...

Se coucher tard... (Trois... quatre...) *Nuit !*

On ne s'en lasse pas !... Moi, je peux répéter cela pendant des heures... On ne peut pas faire plus concis ! *(Après avoir réfléchi :)...* Si !... Ah si !... On peut faire simplement :

(Trois... quatre...) *Nuit !*

Là, c'est l'extrême limite.
Ce n'est pas facile de faire des choses resserrées. Exemple :
Je voulais faire un quatrain sur un mouton à cinq pattes... Mais j'avais toujours un pied de trop. Eh bien, je m'en suis sorti... j'ai écrit :

LE MOUTON A CINQ PATTES

Le mouton à cinq pattes
Accidentellement
S'étant cassé une patte
Put marcher normalement...

— J'ai même fait plus fort que ça !
J'ai écrit tout un roman qui tient en une phrase !
C'est une vie de moine racontée par lui-même :
Il était une foi... la mienne !

Je vais vous en chanter une que je gardais en réserve...

CE N'EST PAS PARCE QUE

Ce n'est pas parce qu'il a
De bien mauvais outils
Que le cordonnier a
Une mauvaise haleine...

Oui ! Cela ne veut pas dire grand-chose, mais c'est dans le vent !

Directions faussées

Je vois mon gosse...

Il a cinq ans !

Il sort du catéchisme.

Il me dit :

— Papa !... Ce n'est pas bien ce que tu as fait !

Je lui dis :

— Qu'est-ce que j'ai fait ?

Il me dit :

— Tu m'as menti !

Je lui dis :

— Comment... je t'ai menti ? Qu'est-ce que je t'ai
    dit ?

Il me dit :

— Tu m'as dit que le Bon Dieu n'avait jamais eu
    de femme !

Je lui dis :

— Eh bien, oui ! C'est vrai, quoi... Le Bon Dieu
    n'a jamais eu de femme !

Il me dit :

— Alors, pourquoi, au catéchisme, le curé dit tou-
    jours : « Le Bon Dieu et sa grande clémence » ?

Qu'est-ce que vous voulez que je réponde à ça ? Je
ne peux pas démentir le curé de ma paroisse !

C'est le doigt de Dieu !...

Seulement... comme il a des rhumatismes articu-
laires...

il a le doigt comme ça... *(Tordu.)*
Quand il me dit : « Mon fils... si vous suivez le bon chemin...
vous irez au ciel tout droit ! » *(Geste du doigt courbé pointé vers le ciel.)*
C'est l'Enfer, hein !

Entre parenthèses

Là, j'ouvre une parenthèse.
Je ne devrais pas...
distrait comme je le suis !
Chaque fois que j'ouvre une parenthèse,
j'oublie de la fermer !
Oh ! je ne suis pas le seul !
Vous savez ce qui est arrivé
au ministre de... tss...
Ah ! *(Il cherche le nom.)*
Mais si !
Celui qui promet...
Vous voyez qui je veux dire ?
Bon ! Enfin, toujours est-il
qu'au cours d'un discours électoral,
il décide de faire quelques promesses.
Il ouvre une parenthèse,
promet certaines choses...
Jugeant qu'il a assez promis comme ça,
il va pour fermer la parenthèse...
Impossible !
(Impossible de fermer la parenthèse !)
Alors... il a continué de promettre
Il promet toujours, d'ailleurs !
Aux dernières nouvelles, il promettait

une récompense à celui qui arriverait
à fermer sa parenthèse !
C'est comme ce leader de l'opposition !
Comment s'appelle-t-il ?... Mais si !
(*Il cherche le nom.*)
Enfin !
Bref !
Pendant un exposé de la situation,
il ouvre une parenthèse.
A ce moment précis, une jeune femme
s'immisce dans la conversation.
Lui, pris par le sujet,
ne s'en aperçoit pas,
il ferme la parenthèse.
Et la jeune femme est restée
enfermée entre ses parenthèses
jusqu'à la fin de l'exposé !
Il ne faut pas confondre
les parenthèses avec les guillemets !
Exemple :
On dit de quelqu'un qui a les jambes arquées
qu'il les a « en parenthèses »...
Pour que l'on puisse dire
qu'il les a « entre guillemets »,
il faudrait y ajouter les bras !

En aparté

Vous savez, au théâtre, on fait des apartés !
Eh bien, quand je fais un aparté,
on dit :
— Il fait du racisme !
— Il met à part !
Franchement, je ne vois pas en quoi,
lorsque je fais ça (*aparté*),
je fais du racisme ?
Evidemment, si je dis (*en aparté*) :
— Tiens ! Voilà un Turc !
Bon !
Mais si je dis (*en aparté*) :
— Tiens ! Voilà Truc !
En quoi je fais du racisme ?
Eh bien, il y aura toujours
quelqu'un pour dire :
— S'il a dit : « Tiens ! Voilà Truc ! », c'est
parce qu'il ne se souvenait pas
du nom du Turc !

Racisme

Service d'immigration : devant un guichet...

Employé : Monsieur ?

Jacob : Je voudrais un visa pour Israël.

Employé : Vous avez votre passeport ?

Jacob : Oui, tenez !

Employé : Vous vous prénommez Jacob ?

Jacob : Oui.

Employé : Vous êtes français ?

Jacob : Non. Je suis juif.

Employé : Tiens ! Je lis pourtant là que votre père est d'origine auvergnate et votre mère, bretonne !

Jacob : C'est exact !... Mais, moi, je suis juif !

Employé : Vous avez des frères et sœurs ?

Jacob : Oui. Quatre...

Employé : Juifs aussi ?

Jacob : Non. Les deux aînés sont auvergnats et les deux autres bretons. Je suis le seul Juif de la famille.

Employé : Permettez-moi de m'étonner ?

Jacob : Il n'y a pas à s'étonner, c'est comme ça. C'est incompréhensible, mais cela est.

Employé : Donc... vous seriez né Juif... spontanément, si j'ose dire ?

Jacob : Spontanément !

Employé : Quand en avez-vous pris conscience ?

Jacob : Dès le premier cri !

Employé : Que vous avez poussé ?

Jacob : Non. Que mes parents ont poussé !

Employé : Quand ?

Jacob : Quand ils ont vu que j'étais circoncis !

Employé : Par qui ?

Jacob : Quand ils ont vu que j'étais circoncis !

Employé : Spontanément ?

Jacob : Spontanément !

Employé : Ils ont dû être surpris ?

Jacob : Plutôt oui !... Mon père a dit : « Shale homme ! »

Employé : Tiens, je le croyais auvergnat !

Jacob : Il l'est !... Il voulait dire : « Sale homme ! »

Employé : De qui parlait-il ?

Jacob : De l'amant qu'il supposait que ma mère avait eu !

Employé : Ah ! « Sale homme » !

Jacob : C'est ça... Mais, en auvergnat, « Sale homme » se prononce « Shale homme » !

Employé : Et qu'a dit votre mère ?

Jacob : « D'où sort-il, celui-là ? »

Employé : Spontanément ?

Jacob : Spontanément !

Employé : Parlant de vous ?

Jacob : De moi !

Employé : Elle le savait bien !

Jacob : Oui. Mais elle devait, tout de même, se poser des questions.

Employé : De quel ordre ?

Jacob : Eh bien, du genre de « Si mon cinquième fils est juif... c'est que le père l'est aussi... » Alors...

les quatre autres, Auvergnats, mâtinés Bretons... d'où sortent-ils ?

Employé : De la même souche, pourtant ?

Jacob : Justement... C'était contradictoire ! Il y avait de quoi être ébranlé dans ses conceptions !

Employé : Et ils vous ont prénommé Jacob ?

Jacob : Non. C'est moi... Mes parents voulaient que je m'appelle Alphonse. Mais, moi, j'ai refusé !

Employé : Pourquoi ?

Jacob : Parce que je m'appelle Jacob... Je me suis toujours appelé Jacob !

Employé : Spontanément ?

Jacob : Spontanément !

Employé : Comment vos parents expliquent-ils cela ?

Jacob : Ils ne se l'expliquent pas !... Pour eux, c'est de l'hébreu !

Employé : C'est drôle parce que... vous n'avez pas le type « sémite » !

Jacob : Absolument pas !... Je ne ressemble ni à mes frères, ni à ma sœur..., ni même à mes parents d'ailleurs !...

Employé : Parce que, eux..., ont un type...

Jacob : Sémite ! Très accentué !... A tel point qu'on les prend pour des israélites !

Employé : Si bien que, lorsqu'on connaît votre famille...

Jacob : On ne s'étonne pas que je m'appelle Jacob... *(Prenant congé :)* Shalom !

Employé : Il est sûrement plus auvergnat qu'il ne le dit !

Sujet comique

Un bureau de directeur de théâtre.
Le directeur est seul en scène.
On frappe...
Entre l'auteur comique, la mine défaite...

Directeur (*jovial :*) Bonjour, mon cher... Je suis heureux de vous voir... Asseyez-vous !

Auteur : Merci.

Directeur : Voilà... je voudrais que vous m'écriviez un spectacle comique... Les gens ont besoin de rire ! Vous qui avez des idées, vous allez me l'écrire rapidement...

Auteur : C'est que...

Directeur : Vous avez bien un sujet ?

Auteur : Oui, mais... en ce moment...

Directeur : Quoi ?

Auteur : ... je n'ai pas l'esprit à...

Directeur : ...la rigolade ?

Auteur : C'est ça.

Directeur : Vous avez des ennuis ?

Auteur : Plutôt, oui !

Directeur : Eh bien, voilà..., vous allez nous les raconter !

Auteur : Ce ne sera pas drôle !

Directeur : Mais, mon cher, dit par vous, ce sera désopilant !

Auteur : J'en doute !

Directeur : Allez ! Racontez ! Racontez !

Auteur : Tout me tombe dessus !

Directeur : Comme départ, c'est bon !

Auteur : Si je vous disais... Vous n'allez pas le croire !

Directeur : J'y crois ! J'y crois !... C'est déjà drôle !

Auteur : Moi, ça ne me fait pas rire !

Directeur : Si ça fait rire les autres !

Auteur : Ah oui !... Vous croyez que...

Directeur : Vous manquez de confiance en vous, mon vieux !... Alors, qu'est-ce qui vous arrive ?

Auteur : Il y a quelque temps, je me suis fait voler mon portefeuille...

Directeur (riant :) Ah ! ça ne peut arriver qu'à vous !

Auteur : ...avec tout mon argent...

Directeur : Sensationnel ! Ha, ha !

Auteur : Quand je dis « mon argent », ce n'était même pas le mien !

Directeur (riant :) Ha, ha ! terrible...

Auteur : Je devais en rendre la moitié à un copain...

Directeur (toujours riant :) Ha, ha !... la tête du copain !

Auteur : ...et l'autre, à mon percepteur...

Directeur : C'est la tête du percepteur... Ha, ha !

Auteur : C'est la tête du percepteur qui vous fait... ?

Directeur : Non, c'est la vôtre !

Auteur : Oui !... Quand on est venu saisir les meubles...

Directeur : Là, il y a une belle scène à faire !

Auteur : Quand on est venu saisir les meubles... ma femme...

Directeur : Ah ! j'ai quelqu'un pour le rôle de la femme...

Auteur : Oui ?

Directeur : Une petite pépée !!! Alors... ? votre femme...

Auteur : Elle est partie...

Directeur : Ha, ha ! sans blague ?

Auteur : C'est sérieux !

Directeur (s'esclaffant :) Vous avez dit ça sur un ton...

Auteur : C'est sérieux !

Directeur : Plus c'est sérieux, plus c'est drôle !... *(Riant :)* Ha, ha, ha !... Elle est partie ?

Auteur : Oui !

Directeur : Avec qui ?

Auteur : Avec le copain à qui je devais de l'argent !...

Directeur : Inattendu !!!

Auteur : C'est un coup dur !

Directeur : C'est un coup de théâtre !... Ensuite ?

Auteur : C'est tout !

Directeur : Ah... ! ça ne suffit pas !

Auteur : Comment ?

Directeur : Il faut avoir le courage d'aller plus loin.

Auteur : Qu'est-ce que vous entendez par aller plus loin ?

Directeur : Jusqu'à la misère noire... La misère, ça paie toujours...

Auteur : Mais je suis dans une misère noire !

Directeur : Alors, il faut trouver la chute !

Auteur : Je suis sur le bord, vous savez !

Directeur : Oh ! mais je vous fais confiance ! Vous allez trouver ! Vous tenez le bon bout !... Allez, au travail, mon vieux !

Auteur : Dites... est-ce que vous ne pourriez pas me verser un petit acompte ?

Directeur : Pour quoi faire ?

Auteur : Ben... je ne vous cacherai pas que ça m'enlèverait une épine du pied.

Directeur : Faut pas ! Faut pas ! Gardez vos épines !... Plus vous aurez d'épines, plus ce sera drôle !

Auteur : C'est ça !... Je m'en ferais une couronne !

Directeur : Si vous le pouvez, c'est la gloire !

Auteur : Je me la mettrais sur la tête...

Directeur : C'est bon ! C'est bon !

Auteur : Comme un chapeau !

Directeur : C'est bon !

Auteur : Chaque fois que quelqu'un me saluerait, je le saluerais à mon tour *(il rit)*.

Directeur : Excellent !

Auteur : Ça me soulagerait la tête !

Directeur : Inénarrable !

Auteur : Mais comme ça me piquerait les mains, je la remettrais très vite sur ma tête...

Directeur : Ha, ha !... et pour vous soulager la tête ?

Auteur : Je resaluerais ! Ha, ha, ha !

Directeur (hilare :) Et comme vous vous piqueriez les mains...

Auteur (pleurant de rire :) Je la remettrais...

Directeur : Burlesque !

Auteur : ...Si bien que je donnerais l'impression de saluer tout le monde !

Directeur (s'étouffant de rire :) Arrêtez !

Auteur (hilare :) On dirait : « Il est bien poli, cet homme. »

Directeur : Ha, ha, ha ! sans compter les épines du pied... ha !

Auteur : Chaque fois que je marcherais... aïe !

Directeur : Assez...

Auteur : Aïe, aïe ! *(Il marche en saluant.)* Aïe, aïe, aïe !

Directeur : C'est à mourir de rire ! Aïe ! *(Il porte la main à son cœur.)*

Auteur : ...Monsieur le directeur. (Celui-ci ne bouge plus.) Mons... *(Il l'examine de plus près.)*... Ça y est ! J'ai ma chute... je tiens mon sujet ! Je le tiens ! Ha, ha, ha !

Les sacs

La maison de Mme X..., romancière.
Un livreur pose plusieurs sacs postaux devant la
porte... et sonne...

Voix : Qu'est-ce que c'est ?
Livreur : Ce sont les sacs de mots que vous avez
commandés !
Voix : Une seconde !...
(On ouvre la porte.)
Mme X... : Ah ! ! ! Tous les mots y sont ?
Livreur : Tous !... *(Les vérifant :)* Deux sacs de
mots courants... un sac de mots inusités... de mots
incohérents... de mots sans suite... et il y a même un
mot de trop ! ! !
Mme X... : Et ce petit sac ?
Livreur : Ce sont les ponctuations... les points...
les virgules, etc.
Mme X... : Vous m'avez mis quelques « entre
parenthèses » ?
Livreur : Les « entre parenthèses » sont entre
« les guillemets »...
Mme X... : Très utiles ! Pour les i ?
Livreur : Les points sont dessus ! Avec les trémas !
Mme X... : Les accents ?

Livreur : Ils y sont tous !... Les graves... aigus... circonflexes... et autres... sans compter les points de suspension !...

Mme X... : Bref !... Là-dedans, il y a de quoi bâtir tout un roman !

Livreur : Il y a tout le matériau nécessaire ! Il y a même quelques phrases toutes faites...

Mme X... : Et l'intrigue ?

Livreur : Elle est dans le sac de nœuds !... *(Il plonge la main dans un des sacs... et en sort quelques nœuds...)*

On vous en a mis treize à la douzaine pour brouiller les pistes...

Mme X... : Parfait !

Livreur : Pour le règlement ?

Mme X... : Je vais chercher mon sac à main...
(Elle le prend derrière la porte et l'ouvre.)
Voyez...
(Elle en sort quelques mains.)
Les mains sont dedans !... Il y en a toute une poignée.

Livreur (le prenant à l'épaule :) Merci !... L'affaire est dans le sac !

Mme X... : L'affaire est dans le sac !

Je suis un imbécile

Dernièrement,
j'ai rencontré un monsieur
qui se vantait d'être un imbécile.
Il disait :
— Je suis un imbécile !
Je suis un imbécile !
Je lui ai dit :
— Monsieur.. c'est vite dit !
Tout le monde peut dire :
« Je suis un imbécile ! »
Il faut le prouver !
Il m'a dit :
— Je peux !
Il m'a apporté les preuves
de son imbécillité
avec tellement
d'intelligence et de
subtilité
que je me demande
s'il ne m'a pas pris
pour un imbécile !

Le bout du bout

(L'artiste s'adressant à son pianiste :)
— Ne discutez plus, hein !...
Parce que... vraiment...
(S'adressant au public :)
Ecoutez, l'autre jour, je taillais un morceau de bois...
Mon pianiste vient, il me dit :
— Voulez-vous me passer ce bout de bois, s'il vous plaît ?
Je lui dis :
— Lequel des deux bouts ?
Il me dit :
— Je ne vois qu'un bout de bois.
Je lui dis :
— Parce que vous vous exprimez mal ! Parce qu'un bois, ça a deux bouts. Alors, il ne faudrait pas dire « un bout de bois », mais « les deux bouts d'un bois » !
Il me dit :
— Les « deux bouts d'un bois » ... D'abord, ça sonne curieux ! On entend « les deux boudins », on ne sait pas qu'il s'agit de bouts de bois ou de bouts de boudin !
Je lui dis :

— Ne plaisantons pas ! S'il s'agissait de bouts de boudin, on dirait « les deux bouts d'un boudin » ! On ne dirait pas « les deux bouts d'un bois » !

Il me dit :

— J'ai toujours appelé un bout de bois un bout de bois, moi ! Alors, passez-moi ce bout de bois !

Je lui passe le bout de bois.

Il prend le bout, il tire dessus et me dit :

— Lâchez l'autre bout !

Je lui dis :

— Vous voyez bien qu'il y a deux bouts !

— Bon, puisqu'il y a deux bouts, gardez ce bout-ci ! Moi, je garde ce bout-là ! Ça nous fera chacun un bout !

Je lui dis :

— Non ! Ça nous fait encore chacun deux bouts ! Hein !...

Vous avez compris ça ?...

Si vous cassez le bout de bois en deux, il y a encore deux bouts à chaque bout ! Il y a toujours deux bouts à chaque bout !

Vous avez compris ça ?...

Vous n'avez pas compris ça ?...

Un bout, c'est irréductible !

Vous ne pouvez pas supprimer le bout d'un bout !... ou alors, il faut supprimer le bout entier.

Prenons un bout de machin... vous coupez le bout d'un machin, il reste encore un bout au bout du machin !

Vous avez compris ça ?...

Alors, prenons un bout... un bout de truc.

Vous préférez un bout de truc ?

Vous prenez un bout de truc, vous coupez le bout d'un truc, il y a encore un bout au bout du truc !

Vous n'avez pas compris ça ?...

Prenons un bout de fil...

De fil de téléphone, par exemple. Bon !

Vous coupez le bout...

Il y a encore quelqu'un au bout du fil !

Vous pouvez prendre mon raisonnement par tous les bouts,

il se tient !

Le montreur de marionnettes

Je viens de rencontrer un marionnettiste...
Il est tout bouleversé !
Hier soir,
il avait laissé sa marionnette côté cour.
Il l'a retrouvée ce matin côté jardin.
Ça signifie quoi ?
Ça signifie que dans la nuit,
la marionnette a traversé la scène toute seule !
Elle a dû faire ses premiers pas sans l'aide de
personne !
Sans quelqu'un derrière elle pour la manipuler !
C'est émouvant, non ?
Ça ne fait pas l'affaire du marionnettiste, hé !
Si sa marionnette se met à marcher toute seule...
c'est son boulot qui fout le camp !
Le marionnettiste...
il va être obligé de la faire lui-même, la marionnette !
Quand je l'ai rencontré, déjà...
il se tenait comme ça !
Je lui dis :
— Secouez-vous un peu !
Il a haussé les épaules !
Il s'est agité un peu.
Il a esquissé quelques pas.

Tant que je le tenais par le bouton
de son veston, ça allait !
Mais le bouton ne tenant que par un fil... il a
craqué !
Et, lui, il s'est emmêlé dans le fil (comme un
pantin).
Du grand guignol !

L'état de poussière

Mesdames et messieurs, si je vous disais qu'il y a quelque temps, je suis redevenu poussière !

Souvenez-vous de la phrase : « Tu n'es que poussière et tu retourneras en poussière. »

Eh bien, moi, je suis retourné en poussière.

Oh ! pas longtemps, Dieu merci... Parce que c'est une rude épreuve !

Figurez-vous qu'il y a quelque temps, je reçois un coup de téléphone du ministère de l'Environnement :

— Allô, Devos ? Ici, le ministre de la Qualité de la vie. Alors, sur le plan de la pollution, où en êtes-vous ?

Je lui dis :

— Pour moi, il n'y a rien de changé ! Pourquoi ?

Il me dit :

— Vous ne faites jamais appel à mes services d'assainissement.

Je lui dis :

— Parce que je suis sain de corps et d'esprit !

Il me dit :

— D'esprit, peut-être ! Mais de corps, ça m'étonnerait ! Parce que, depuis le temps que vous respirez les vapeurs d'essence et autres émanations malsaines, votre organisme doit être pollué jusqu'à la moelle des os !

Il m'a fait peur.

Je lui dis :

— Que faut-il que je fasse ?

Il me dit :

— Allez donc prendre l'air sur la route de Dijon, « *la belle digue, digue, la belle digue, don !* ». Il était de bonne humeur !

Je me dis : « Il doit avoir raison. J'ai peut-être besoin de m'oxygéner ! Je vais aller à la campagne ! »

Et je suis parti sur la route de Dijon.

Comme je descendais du taxi qui m'y avait conduit...

Ahh !... L'air pur... Je suffoquais !...

Je manquais d'oxyde de carbone...

J'ai eu envie de me précipiter sur le tuyau d'échappement pour...

Ahh !...

Mais... manque de pot...

J'ai entendu la voix du chauffeur qui disait :

— Dites donc, ça n'a pas l'air de gazer !

Juste le mot qu'il ne fallait pas prononcer !

J'ai vu son compteur devenir bleu... et quand il a mis les gaz... BOUM !

J'ai explosé, littéralement explosé... et je suis retombé en poussière !

Rude épreuve !

Quand on se voit, sur la route de Dijon, réduit à l'état de poussière, on a beau se dire :

« *la belle digue, digue, la belle di...* »

Le moral est à plat !

Je me disais (en mon for intérieur) :

« Il faut que tu te secoues ! »

Et puis, à la réflexion, je me disais :

« Non ! Si tu secoues ta poussière... elle va s'éparpiller ! Au contraire... rassemble tes esprits ! Concentre-toi ! »

Je me suis concentré, et à force de me concentrer, j'ai réussi à me mettre en tas ! Un petit tas de poussière ! C'était déjà ça !... Quand on est poussière, il faut d'abord se mettre en tas ! C'est plus propre... C'est plus propre pour la personne qui viendrait éventuellement vous ramasser.

En attendant, moi, je commençais à broyer du noir, « *sur la route de Dijon, la belle digue...* ».

Je me disais : « Bon ! Je suis inscrit à la Sécurité sociale... D'accord ! Mais... est-ce qu'elle rembourse les poussières, la Sécurité sociale ? Sûrement pas ! Elle va me considérer comme un déchet ! » Et cette pensée a eu pour effet de me mettre en boule. C'était mieux qu'en tas ! Parce qu'en tas, j'étais figé... Tandis qu'en boule, je pouvais évoluer, rouler à droite, à gauche...

Et tandis que je roulais sur la route de Dijon, « *la belle digue, digue, la belle digue, don...* », j'ai été emporté par le vent mauvais, vous savez... ce même vent mauvais qui emporta
plus d'un poète.

De-ci, de-là,
Pareil à la
feuille morte !...
D'après les on-dit, hein ?

Et ce vent qui m'avait porté sans faiblir jusqu'aux abords de la capitale me laissa tomber subitement au beau milieu d'un carrefour, aux pieds mêmes d'un agent de police qui réglait la circulation, c'est-à-dire à un endroit protégé !

C'est là que, matière inerte, je ressentis, oh d'abord confusément, les premiers effluves des vapeurs d'essence.

Oh ! la vivifiante odeur de fuel qui chatouillait maintenant mes narines !

Car la fonction créant l'organe, mes narines s'étaient reconstituées.

Oui ! Je crois que dans cette reconstitution, je fus d'abord une paire de narines émergeant d'un tas de poussière !

(Riant :) Ce n'était pas le moment d'éternuer !

Oh ! mais la tête de l'agent de police assistant à la « levée du corps » !

Enfin... sitôt rentré chez moi, j'ai appelé le ministre de l'Environnement et je lui ai dit que :

« Tel le Phénix de ses cendres, je venais de renaître de ma poussière. »

Il m'a dit :

— Ne touchez à rien ! J'arrive !

Deux heures plus tard, on sonne...

J'entends une voix étouffée derrière la porte :

— Ouvrez ! Ouvrez vite ! C'est le ministre de la Qualité de la... vi... ie...

Comme un ballon d'oxygène qui se dégonfle. J'ouvre... Personne dans les environs ! A mes pieds... il y avait un petit tas de poussière... à côté d'un portefeuille !

Je ne jurerais de rien, hein !

Mais un ministre qui arrivait directement de sa campagne devait être allergique à l'air vicié de Paris !...

Enfin... à tout hasard,

j'ai recueilli la poussière,

je l'ai glissée dans le portefeuille

et je l'ai expédiée au grand air...

« *sur la route de Dijon, la belle digue, digue, la belle digue, don !* »

Jésus revient

Je viens de lire sur un mur
une chose étonnante.
Quelqu'un avait écrit :
« Jésus revient. »
C'était écrit en toutes lettres :
« Jésus revient ! »
Vous vous rendez compte
Jésus !
C'est important !
Jésus !
C'est le ciel !
Et les gens passaient à côté... indifférents :
— Tiens ! Jésus revient ?
Il y en a même qui faisaient des
réflexions désobligeantes :
— Eh bien, il a mis du temps !
Et, pourtant,
si c'était vrai ?
Si Jésus revenait ?
Ce serait merveilleux !
« Jésus revient ! »
Il est là !
Où ?
Là !

« Ah ! c'est vous ? Mon Dieu ! »
Je ne vous avais pas reconnu !
Si j'ai entendu parler de vous ?...
Pensez !...
Quand j'étais petit, on me parlait toujours
du petit Jésus.
Le petit Jésus !
Je vous voyais tout petit !
Et tout à coup,
je découvre... un grand Seigneur !
— Devinez qui vient dîner ce soir ?
Vous me voyez devant la porte
de ma demeure,
annonçant la nouvelle
à travers le judas ?
— Devinez qui vient dîner ce soir ?
— Je vous le donne en mille : Jésus !
— Mais non !
— Mais si !
Vous voyez d'ici la scène (Cène)
...
Il vaudrait peut-être mieux ne
pas raviver la Passion !

Au lieu de se battre

(L'Artiste et ses musiciens chantent ce refrain :)

Au lieu de se battre, aimons-nous, mes frères.
Je suis tellement sûr que l'on peut s'aimer,
Qu'à ceux qui viendraient dire le contraire,
Ah ! tiens ! pan ! pan ! pan !
Je n'sais pas c'que j'leur f'rais !

Artiste (au pianiste qui a « mordu » sur l'accord final :) Celui-là... je ne sais pas, il y a quelque chose qui... Ça ne colle pas tous les deux... je ne le sens pas !... On n'est pas de la même race, quoi !... Où êtes-vous né ?

Pianiste : A Pantin.

Artiste : Tiens ! Moi aussi ! A quel endroit ?

Pianiste : Derrière l'école...

Artiste : Ah bon ! L'école... je connais bien ! C'est là où j'allais.

Pianiste : Moi aussi...

Artiste : Ah ça, c'est drôle !... Je me disais aussi il y a quelque chose... Ça colle tous les deux... Il y a certaines affinités !... Vous avez grandi dans la zone ?... Les vieilles baraques... tout ça ! ! ! je connais... C'est un beau bled ? Hein ?.. Pantin ?

161

Refrain *(en chœur :)*

> *Au lieu de se battre, aimons-nous, mes frères.*
> *Je suis tellement sûr que l'on peut s'aimer,*
> *Qu'à ceux qui viendraient dire le contraire,*
> *Ah ! tiens ! pan ! pan ! pan !*
> *Je n'sais pas c'que j'leur f'rais !*

Artiste (au bassiste qui a « bavé » sur l'accord :) Ah, celui-là... il a une tête qui ne me revient pas... Je ne sais pas... Il y a quelque chose qui s'oppose... Ça ne s'harmonise pas tous les deux... Ça ne s'explique pas !... C'est... Vous vous êtes noirci le visage ou quoi ?... Ce côté noiraud... crépu ! ! ! c'est voulu !... Ne me dites pas que c'est naturel.. ce serait trop affreux ! ! ! On n'est pas de la même race, quoi ! Vous êtes né où ?

Bassiste : A Pantin

Artiste : Ah bon ! Tiens... comme lui ! Comme moi !... Ah ! c'est curieux !... A quel endroit ?

Bassiste : Devant l'école... au coin, là !

Artiste : Ah ben ! ça... on est des camarades de classe... C'est prodigieux... Je me disais aussi... il y a une attirance... c'est inexplicable ! Vous avez grandi ?

Bassiste : Ah ! dans la zone..

Artiste : Comme moi !... Vous avez connu aussi...

Bassiste : Les vieilles baraques...

Artiste (au pianiste :) Comme nous ! C'est un beau bled, hein ?

Refrain *(en chœur :)*

> *Au lieu de se battre, aimons-nous, mes frères.*
> *Je suis tellement sûr que l'on peut s'aimer,*

162

Qu'à ceux qui viendraient dire le contraire,
Ah ! tiens ! pan ! pan ! pan !
Je n'sais pas c'que j'leur f'rais !

Artiste (au batteur, qui a tapé à côté :) **D'où il sort celui-là ? Ah ! celui-là, c'est ma bête noire !...** Je ne peux pas le sentir... Ça ne s'explique pas cette aversion ! On n'est pas de la même race, quoi !... Vous êtes né où ?
Batteur : Je suis né...
Artiste (brutalement :) Attention à ce que vous allez répondre ?
Batteur : A Saigon.
Artiste : Ah bon ! Enfin !... Je savais bien que c'était un Jaune !... Ce côté ridé... fripé !... Vous avez grandi parmi les joncs... les bambous ! C'est ça ! Vous avez eu les fièvres et la température n'est pas tombée... Il doit avoir un drôle d'atavisme ! Que faisait votre père ?
Batteur : Il était instituteur.
Artiste : Dans quel bled ?
Batteur : A Pantin.
Artiste, bassiste, pianiste : C'était notre professeur !
Artiste : Je me disais aussi... Il y a quelque chose... qui... nous... unit...

Refrain *(en chœur :)*

Au lieu de se battre, aimons-nous, mes frères.
Je suis tellement sûr que l'on peut s'aimer,
Qu'à ceux qui viendraient dire le contraire,
Ah ! tiens ! pan ! pan ! pan !
Je n'sais pas c'que j'leur f'rais !

La leçon du petit motard

Il y a quelque temps, je prends ma voiture, et voilà que sur la route, je me fais siffler par deux motards... un grand et un petit.

Ils me font signe de me ranger !

J'obtempère !

Le plus grand des deux vient vers moi...

Il me dit *(après avoir composé un visage de brute et en hurlant)* :

— Donnez-moi vos papiers !

J'ai dit :

— Oui... Oui... Non, mais... D'accord !... Je vais vous... Je vais vous les... *(Pétrifié par la peur, il ne peut plus parler et indique le mouvement de sortir et de montrer ses papiers.)*

Il me dit :

— Je vous ai fait peur, hein ?

J'ai dit :

— Bof...

Il me dit *(hurlant)* :

— Je ne vous ai pas fait peur ?

J'ai dit :

— Si ! Si !... Vous m'avez fait peur ! Mais qu'est-ce que j'ai fait ?

Il me dit *(montrant un panneau)* :

— Vous ne voyez pas qu'il est défendu de stationner !

Je lui dis :

— Mais c'est vous qui m'avez fait signe !

Il me dit :

— Je vous ai fait signe parce que c'est l'heure de la leçon du petit !

(Il apprenait au petit motard à verbaliser... à mes dépens !) Il dit *(au petit motard) :*

— Tu as vu comment j'ai fait ! Allez... à toi !

Le petit s'approche de moi... gentil... doux... affectueux...

— Monsieur... voulez-vous avoir l'obligeance de me montrer vos papiers... s'il vous plaît ?

Ah... si vous aviez entendu le chef...

— Mais non ! Tu es trop gentil ! Tu n'obtiendras jamais rien comme ça... N'est-ce pas, monsieur ?

— Oh... j'ai dit :

— J'avoue qu'il ne m'a pas incité à montrer mes papiers.

Il dit *(au petit motard) :*

— Tu vois... tu allais nous faire perdre un client !

Il me dit :

— Excusez-le !...

Je lui dis :

— Je vous en prie, il n'y a pas de mal !

Il dit *(au petit motard) :*

— Allez... recommence, redemande-lui ses papiers !

Alors là... j'ai dit : « Non ! »

— Excusez-moi... mais je n'ai pas le temps de jouer !

Il me dit *(en hurlant) :*

— Vous n'avez pas le temps de jouer ?

Ah !...

J'ai dit :

166

— Si ! Si... J'ai tout le temps... On va jouer ! Ah si ! On va jouer... C'est à qui de faire ?... C'est à moi de donner ? *(Il va pour sortir ses papiers.)*

Il me dit :

— Non ! C'est au petit à demander ! Allez ! A toi !

Le petit *(essayant d'imiter l'expression et le ton du chef... hurlant)* :

— Monsieur ! Donnez-moi... vos papiers... *(glissant vers la gentillesse :)* S'il vous plaît... Sans ça... *(sa nature reprenant le dessus :)*... le chef va encore se fâcher !

Le chef et moi... on s'est regardé.

Je lui dis :

— Qu'est-ce que je fais ? Je les lui donne ou quoi ?

Il me dit :

— Non !... Il ne les mérite pas !

Migraine infernale

J'ai une migraine ! Infernale !

C'est comme si... il y avait un métro qui me traversait la tête. Je prendrais bien de l'aspirine... Mais...

Lorsque j'en prends,
la migraine s'arrête... mais le métro... aussi...
Alors, il y a des gens qui descendent.

Ça fait un ramdam à l'intérieur !

J'ai les oreilles qui sifflent !

Alors, dès que les oreilles sifflent... les portes se referment, le métro repart.

Et la migraine revient !

Infernal !

La Terre promise

Sur la Lune, en l'an 2500...
Sur la surface éclairée, deux Pierrot jouent Au
clair de la lune *sur une guitare et une mandoline...*

X : Voilà un air qui vient de loin...

Z : Du fond des âges ! *Au clair de la lune.*

X : Il vient bien de quelque part, tout de même ?

Z : Oui ! D'en bas !

X : D'où ?

Z : De la Terre !

X : Je sais. Il aurait été transmis de la Terre à la
Lune...

Z : Et retransmis de bouche à oreille, oui !

X : Encore cette croyance ?

Z : Et pourquoi pas ?

X : Alors tu crois, toi, qu'un jour le fils de
l'homme est monté dans la Lune ?

Z : Oui, mon vieux ! Il est tapé à la machine que
l'homme, après avoir décomposé le Ciel et la Terre,
est monté dans la Lune sous la forme d'une fusée !

X : Alors, nous descendrions d'une fusée ?

Z : Non ! Nous descendrions du fils de l'homme :
c'est l'homme qui serait descendu de la fusée !

X : Et il serait reparti sur la Terre ?

Z : Oui ! Après sa mort ! Nous, lorsque nous
mourrons, nous y retournerons aussi !

X : Où as-tu vu ça, toi ?

Z : C'est tapé à la machine !

X : S'il est tapé à la machine qu'il faille attendre d'être mort pour retourner sur la Terre, c'est décourageant !

Z : C'est plein d'espérance au contraire, c'est la Terre promise !

X : La Terre promise ?

Z : Le Paradis perdu, si tu préfères !

X : Pourquoi le fils de l'homme serait-il venu ici, sur la Lune, où il n'y a rien... alors que sur la Terre, paraît-il, c'est le Paradis ?

Z : Il en a été chassé !

X : Par qui ?

Z : Par un courroux nucléaire !

X : ? ? ?

Z : Une erreur de bouton, semble-t-il !

X : Nom d'un pétard !

Z : Du moins, c'est ce qui est tapé à la machine !

X : Et tu y crois ?

Z : J'y crois !

X : Eh bien, moi, je crois à la Lune, un point c'est tout !

Z : Et si pourtant c'était vrai, s'il y avait quelqu'un en bas ?

X : Ah ! *(Se reprenant :)* Mais... nom d'une fusée !

Z : Ne jure pas !

X : Mais nom d'un pétard ! S'il y avait quelqu'un en bas... bougre de terre à terre ! Tu crois qu'il nous laisserait rêvasser ici, comme des damnés ? Il nous ferait signe !

Z : Et les phénomènes extra-lunaires ?

X : Quels phénomènes ?

Z : C'est la petite Jeannette qui entend des voix et

qui prétend que ces voix lui parviennent d'outre-tombe !

X : D'outre-tombe ?

Z : D'en bas, quoi !

X : Et que disaient ces voix ?

Z : *Five, four, three, two, one, go !*

X : C'est beau !

Z : Quand j'entends cela... je ressens là *(il se touche la poitrine)* comme un choc ! *Five ! Four ! Three ! Two ! One ! Go !*

X : C'est drôle *(rêveur)*, ça me rappelle quelque chose !

Z : A toi aussi ?

Z : Oui... attends... Ah... c'est confus... c'est loin... loin... comme une impression... *Go !...* *Go home !*

Z : ...Qu'est-ce que tu dis ?

X *(surpris et répétant :)* Go home !

Z : Où as-tu appris ça ?

X : Je ne sais pas !

Z : C'est tapé à la machine, ça !

X : Tu es sûr ?

Z : *Go home ! (Evidence.)* Le retour à la Terre promise ! ! !

X : J'en ai des frissons !

Z : D'ailleurs, si on réfléchit bien, *Au clair de la lune,* ça ne peut venir que d'en bas !

X : Alors, la Terre, ce serait... ?

Z : Notre mère !

Ils reprennent le morceau tandis que la Lune et ses habitants disparaissent dans les cintres (à l'horizon).

Consommez plus

Maintenant, c'est le gigantisme !
Ce sont les magasins à grande surface,
les supermarchés...
les hypermarchés !...
Et puis, dans ces magasins, il y a des publicités partout !
Il y a des panneaux lumineux...
Par exemple, sur un panneau, il y a marqué :
« Consommez plus ! »
Alors, pour ma voisine, « plus », c'est une marque de consommé.
Si bien que lorsqu'elle va acheter un paquet de nouilles, elle dit :
— Mettez-moi un paquet de « plus » !
Alors, on lui met un paquet de nouilles en plus !

Les manifestations

Pendant les émeutes..
Au Quartier latin...
J'en ai vu des choses !
J'ai vu d'abord les universités se vider et les rues se remplir. « Le principe des vases communicants », comme disait un doyen qui n'avait plus toutes ses facultés.
Et puis, lorsque j'ai vu des cars de police remplis de C.R.S. je me suis dit : « Tiens ! ils en ont arrêté pas mal ! »
Et puis j'ai entendu les manifestants qui criaient :
— Libérez-les ! Libérez-les !...
Ils parlaient des étudiants.
Mais le brigadier... lui... qui n'était au courant de rien... il a libéré les C.R.S.! Le malheureux !
C'était un malentendu !
Tout est parti de là !
Après, ç'a été l'affrontement
J'ai vu un C.R.S. qui avait agrippé un étudiant...
Il le secouait d'une main... De l'autre, il tenait sa matraque et disait :
— Quand je pense que moi qui n'ai rien dans la tête, moi qui n'ai aucune idée, dont le crâne est creux comme un radis... je vais être obligé de frapper

sur une tête pleine ! Un puits de science... un futur savant peut-être ! Ah ! tiens ! ça me révolte !...

Et, de rage..., il tapait sur l'étudiant !

Ah ! j'en ai vu !

J'ai vu, alors que tout le monde était en grève, un chômeur qui réclamait du travail et que personne n'écoutait !

J'ai vu un commerçant lancer un pavé dans la vitrine de sa propre boutique et, stupéfait, déclarer en pleurant :

— Avec ces grèves tournantes, je suis complètement désorienté !

J'ai vu un fonctionnaire qui était appointé... complètement désappointé !

Un coiffeur raser les murs !

Un oisif occuper ses propres loisirs !

J'ai vu un boucher peser ses mots... en faire un paquet... et le jeter à la tête du service d'ordre en criant :

— Mort aux vaches !

— Mort aux dents ! hurlait un dentiste qui ramenait tout à sa profession !

Et toujours le chômeur qui réclamait du travail et que personne n'écoutait.

Et les étrangers qui se trouvaient là par hasard... ! complètement dépaysés !

J'ai vu une Anglaise sur le quai de la Seine qui attendait le métro !... Quand elle a vu qu'il ne passait aucune rame, elle a repris le bateau !

J'ai vu un touriste américain qui demandait à un C.R.S. où se trouvaient les Folies-Bergère se faire matraquer !... (Sur place.)

J'ai vu un Russe, aussi, qui essayait de comprendre le chômeur qui réclamait toujours du travail et que personne n'écoutait ! Parmi les grévistes... j'ai vu un chauffeur de taxi débrayer hors de son véhicule !

De la démence !

J'ai vu..., de mes yeux vu, un C.R.S., pris d'une folie subite, arracher un piquet de grève !

Alors, les manifestants ont crié :

— Arrêtez-les ! Arrêtez-les ! Ils parlaient des C.R.S., évidemment !

Mais le brigadier, lui, qui n'avait pas encore compris... il a arrêté les étudiants !

Toujours le même malentendu !

Alors, les rues se sont vidées... et les cars de police se sont remplis.

« Le principe des vases communicants », comme disait le doyen qui n'avait même plus la faculté de se faire entendre !

Et puis... quand j'ai vu le chômeur qui avait enfin trouvé du travail — il était en train de remettre les pavés à leur place... — menacer de faire grève parce qu'il n'était pas assez payé... j'ai compris qu'on n'était pas sorti de l'auberge !

La nature est bien faite

Récemment,
je bavardais avec un ancien officier.
Pendant la guerre,
il avait été le bras droit d'un général.
Il ne lui restait plus que le bras gauche.
Au cours d'une attaque,
alors qu'il avait la main dans la poche,
son bras a été emporté par un obus.
Et la main est restée dans la poche.
Il me disait :
— Ce que la nature est bien faite !
Vous ne pouvez pas savoir
ce qu'il est difficile
de retirer sa main
de sa poche
sans son bras !

Je roule pour vous

L'artiste (tout en enfilant un baudrier et se saisissant d'un tambour) :

Je vais faire quelques roulements de tambour
parce que je ne peux pas les faire chez moi.
Ça fait trop de bruit !
Alors, je viens les faire ici !
(Accrochant son tambour au baudrier :)
De toute façon, je déteste être chez moi !
Je n'aime pas être chez moi !
A tel point que lorsque je vais chez quelqu'un
et qu'il me dit :
— Vous êtes ici chez vous,
je rentre chez moi !
Quand je vais chez quelqu'un et qu'il me dit :
— Faites comme chez vous,
je ne fais plus rien !
Forcément ! Chez moi, c'est moi qui fais tout !
Alors, je ne vais pas aller tout faire
chez quelqu'un sous le prétexte qu'il m'a dit :
— Faites comme chez vous !
(Au public :) Vous non plus, vous n'aimez pas être
chez vous, hein ?

183

puisque vous avez payé pour être ici !
(Il exécute une suite de roulements.)
Je roule pour vous, messieurs-dames !
On peut rouler très vite là-dessus !
On peut faire du soixante ! Soixante-dix !
Quatre-vingts !
Il ne faut pas monter au-dessus,
ça peut être dangereux !
Parce que vous n'avez pas de frein sur un tambour !
Paradoxalement, sur une auto,
vous avez des freins à tambour, alors
que sur un tambour, vous n'avez pas
d'auto-frein !
Il y en a qui font les quatre cents coups
à la minute !
On peut tout faire sur un tambour.
Par exemple : compter !
Vous savez qu'on peut compter plus vite
sur un tambour d'ordonnance que sur
un ordinateur ?
Je vais vous en administrer la preuve.
Si quelqu'un veut avoir l'obligeance
de me donner un chiffre entre un et dix ?
(Quelqu'un : « Huit ! »)
Huit ! Bon ! *(Il les frappe sur son tambour.)*
Multiplié par... ?
(Quelqu'un : « Six ! »)
(Il exécute une série de roulements.)
Quarante-huit !... C'est exact ?
Oh ! je sais bien que vous savez que six fois huit,
ça fait quarante-huit ! Mais vous le savez par
ouï-dire, tandis que moi je les compte !
Pour diviser, encore plus rapidement !
Huit, par exemple... *(il les frappe sur son tam-
bour)...*

divisé par deux... il y en a qui compteraient
sur leurs doigts !
Moi, d'une seule main...
(Il frappe quatre coups d'une baguette.)
Ça fait quatre !
On peut rédiger une déclaration d'impôts
sur un tambour.
Pour calculer ses impôts, ça se fait à la feuille !
Tout d'abord, les salaires... *(il exécute un ra de
cinq)...*
plus les honoraires... *(ra de trois)...*
plus les plus-values... *(ra de onze)...*
plus les revenus fonciers et immobiliers...
(Battements ternaires.)
Vous additionnez le tout, ça vous donne...
(Il exécute une suite de roulements.)
Ça chiffre, hein ?
Ça fait du bruit, une feuille d'impôts !
Et encore, là, je n'ai pas compté les rappels !
Ah ! j'ai oublié de déduire les dix pour cent !
(Il donne un léger coup sur le tambour.)
On peut aussi raisonner sur un tambour.
C'est ce qu'on appelle « Raisonner comme un tam-
bour » !
Au début, je vous ai joué ceci...
(Il roule à nouveau le début.)
Eh bien, cela veut dire en clair :
« Nous en avons plein le dos !
Plein le sac ! Plein le fond des godillots
Plein le fond des gamelles et des bidons ! »
Je peux vous donner l'heure précise
sur mon tambour :
Au troisième top, il sera exactement...
(il frappe trois coups)
... neuf heures dix ! *(Ou toute autre heure.)*

Regardez les aiguilles !

(L'artiste dispose les baguettes sur son tambour de la même manière que les aiguilles indiquant l'heure sur un cadran.)

Sex-shop

Devant un sex-shop,
il y avait un type.
Il était là,
il tambourinait sur la vitre,
il disait :
— C'est un véritable scandale !
Retirez-moi ça tout de suite !
Alors, le vendeur est sorti,
il a dit :
— Retirer quoi ?
Et l'autre a dit :
— Retirer la buée. On ne voit rien !

Le fils d'Abraham ou l'appel au peuple

> « Vous savez que c'est terrible d'avoir *ad vitam œternam* quelqu'un derrière soit qui vous pousse à faire quelque chose alors que l'on sait pertinemment qu'*in extremis*, il vous empêchera de la faire. C'est le supplice de Tantale. »

Une nuit, je rentrais chez moi...
Il y avait du brouillard...
Tout à coup, j'entends :
— Fils d'Abraham !
Comme j'étais tout seul,
je dis :
— Oui... Qui êtes-vous ?
J'entends une voix lointaine :
— Je suis Jéhovah !
Comme il n'y avait pas de témoins, je lui dis :
— Je vous écoute !
Il me dit :
— Tu es bien le fils d'Abraham ?
— ! ! !... ! !...
Je lui dis :

— Entre autres !... Je ne suis pas le seul ! Nous sommes tout un peuple à être le fils d'Abraham !

Il me dit :

— Justement ! C'est un appel au peuple que je viens te lancer !

Je lui dis :

— Pourquoi moi ?

Il me dit :

— Parce qu'on n'a trouvé personne d'autre !

Voilà. Je voudrais te mettre à l'épreuve, comme jadis je mis à l'épreuve ton père !

Je lui dis :

— Le père Devos ?

Il me dit :

— Non ! Le père Abraham !

Je dis :

— Ah ! c'est de l'histoire ancienne !

Il me dit :

— T'en souvient-il ? J'avais promis à Abraham une descendance innombrable, des fils, des petits-fils, des arrière-petits-fils, tout un peuple, en somme, à condition qu'il me sacrifiât son fils.

Je lui dis :

— Oui, je sais, et il ne l'a pas fait !

Il me dit :

— Non ! Parce qu'au dernier moment, ma main a retenu son bras !

— Oh ! je dis, vous avez eu là un beau geste !... Sans ça, je ne serais pas là !

Il me dit :

— Eh bien, je te propose la même épreuve : sacrifie-moi ton fils !

Je lui dis :

— Ecoutez ! Je vous arrête tout de suite : je n'ai pas d'enfant.

Il me dit :

— Ah ! ce n'est pas ce qu'on m'avait dit... Enfin !
Alors, sacrifie-moi ta femme !

Je lui dis :

— Là, d'accord... Mais il faut que je lui en
parle !

Il me dit :

— Dis-lui bien que c'est pour la bonne cause !

Je lui dis :

— La bonne cause ! Etes-vous sûr que ce soit la
bonne ? Déjà que je l'ai épousée pour le bon motif.
Or, ce n'était pas le bon.

Il me dit :

— De toute façon, au dernier moment, ma main
retiendra ton bras.

— ! ! !...

Je lui dis :

— Vous pouvez me signer un papier ?

Il me dit :

— Ce qui est écrit est écrit !

Alors, j'en ai parlé à ma femme. Elle l'a très mal
pris !

— Oui ! Tu me mets le couteau sous la gorge !
Déjà que je me suis sacrifiée pour toi. S'il faut
encore que je me coupe en quatre pour ta famille !...

Je lui dis :

— Te rends-tu comptc d'une sacrée promotion ?
Moi, un fils de famille, devenir le père du peuple !

Elle a compris !

C'est elle-même qui a armé mon bras.

Elle m'a dit :

— Vas-y ! Tu es sûr que Dieu est derrière toi ?

Je lui ai dit :

— Il est là ! Je sens son souffle !

Elle m'a dit :

— Pourquoi hésites-tu ?

Je lui ai dit :

— Parce que je ne suis pas sûr que sa main soit assez forte pour retenir mon bras ! Il ne faut pas tenter le Diable !

Je hais les haies

Je hais les haies
qui sont des murs.
Je hais les haies
et les mûriers
qui font la haie
le long des murs.
Je hais les haies
qui sont de houx.
Je hais les haies
qu'elles soient de mûres
qu'elles soient de houx !
Je hais les murs
qu'ils soient en dur
qu'ils soient en mou !
Je hais les haies
qui nous emmurent.
Je hais les murs
qui sont en nous !

Le besoin d'ânerie

X : Dites donc, ça ne vous dérange pas que je dise des âneries ?

Z : Pas du tout, je vous en prie !

X : Chez moi, c'est un besoin !

Z : Vous ne devriez pas en dire trop !

X : Pourquoi ?

Z : Parce que ce n'est pas bon pour l'esprit !

X : C'est une mauvaise habitude que j'ai prise.

Z : Vous en dites combien par jour ?

X : J'en dis tellement !

Z : A peu près ?

X : Bof... une bonne centaine !

Z : Ce n'est pas raisonnable !

X : Je sais... Au début, j'en disais une ou deux, de temps en temps... Ensuite, j'en ai dit trois ! Maintenant, c'est par paquets de dix que je les énonce, les âneries !

Z : Vous ne pourriez pas vous restreindre !

X : Ah ! pour ça, je n'ai aucune volonté !

Dès que j'ouvre la bouche, paf ! Il en sort une ânerie !

Z : Méfiez-vous, parce que l'on commence par dire des âneries... Ensuite, on sort quelques balourdises... Puis des stupidités, et de stupidités en stupidités... on en arrive aux inepties et, un jour, on se surprend à proférer des énormités. Il est trop tard, l'esprit est faussé !

X : Vous n'en dites jamais, vous ?

Z : Si ! J'en ai dit... mais j'ai complètement arrêté !

X : Moi, je ne peux pas !... Si je reste dix minutes sans émettre une ânerie, je suis malade !

Z : Attention ! Vous allez empoisonner l'esprit de ceux qui vous entourent !

X : Croyez-vous que ce soit dangereux pour les miens ?

Z : Vous avez des enfants ?

X : Oui ! Mais ils ne disent pas d'âneries...

Z : Vous en êtes sûr ?

X : Je le leur ai interdit !

Z : Et vous, vous en dites !

X : Pas devant eux ! Quand je veux en dire, je sors... Je vais au bistrot et je m'offre un petit coup d'âneries ! Ensuite, je reviens chez moi !

Z : Et que dit votre femme ?

X : Oh... ! des stupidités !

Z : Et que lui répondez-vous ?

X : Des inepties !

Z : Alors ?

X : Alors, comme elle me balance des énormités, je contrecarre avec des muffleries ! Et quand l'atmosphère devient irrespirable, je sors... et je retourne au bistrot dire des âneries tout mon soûl ! Jusqu'à plus soif !

Z : Vous êtes intoxiqué, mon vieux !

X : Que voulez-vous que je fasse ?

Z : Je vais peut-être dire une ânerie, mais...

X : Je vous en prie...

Z : Supprimez l'alcool !...

Affabulation

Il y a quelque temps, mon voisin me dit :

— Il vient de m'arriver une étrange aventure... Figurez-vous que j'étais dans mon jardin... et qui je vois, sur un arbre perché ?

Un corbeau !

Je lui dis :

— Qu'y a-t-il d'étrange à cela ?

— C'est que, me dit-il, il tenait dans son bec un fromage !

— Vous vous croyez malin ? lui dis-je.

Il me dit :

— Je me croyais malin ! Mais attendez la suite ! Alléché par l'odeur, je lui tins à peu près ce langage... « Eh, bonjour, monsieur du Corbeau, que vous êtes joli, que vous me semblez beau ! Sans mentir, si votre ramage se rapporte à votre plumage, vous êtes le phénix des hôtes de ces bois ! »

A ces mots, le corbeau ne se sent plus de joie et, pour montrer sa belle voix, il ouvre un large bec et laisse tomber sa proie ! Je m'en saisis et dis : « Mon bon monsieur, apprenez que tout flatteur vit aux dépens de celui qui l'écoute ! »

— Et vous avez conclu en disant : « Cette leçon vaut bien un fromage, sans doute. »

Il me dit :

— Eh bien, détrompez-vous ! Elle ne le valait pas !

Son fromage était immangeable ! Il m'a eu !

Un corbeau, c'est parfois plus rusé qu'un renard !

Je le regarde.

Il avait une tête de fouine.

Je me dis : « Encore un qui affabule ! Il se prend pour ce qu'il n'est pas, l'animal ! »

Tête-à-queue ou à chacun son témoignage

A la suite d'un accident d'automobile, le conduc-
teur ayant été conduit à l'hôpital à fin d'examen, un
agent interroge les présumés témoins (un ouvrier,
un bourgeois et un dandy) pour établir son rapport...

L'agent (après avoir demandé son identité à
l'ouvrier :)
Alors, comment cela s'est-il passé ?
L'ouvrier : Ben voilà, monsieur l'agent... Je venais
de sortir du bistrot, là... je vois une bagnole s'amener
à toute vibure... une Mercedes 220 SE à injection
directe... ça bombe terrible ! ! ! Là-dessus, il y a un
corniaud de klébar qui traverse la rue, la gueule
enfarinée... Ah ! dis donc !... Pourtant le mec, il a
freiné à mort... et, là-dessus, il y a des pneus hydrau-
liques... ça bloque terrible... Mais comme il y a du
verglas... la bagnole a ripé... Le mec, il a braqué
tout ce qu'il a pu... Et, pourtant, ça braque terrible,
c'te bagnole-là... C'est une direction DB à billes
avec rattrapage automatique... Mais quand ça
patine... ça patine ! Le mec, il s'est retourné, cul
par-dessus tête !

L'agent : Vous voulez dire qu'il a fait un tête-à-queue ?

L'ouvrier : Oui, si vous voulez, c'est pareil !... La Mercedes a accroché l'arrière du klébar... et elle est allée s'avachir sur une 4 CV, modèle courant. Elle a changé d'expression, c'est moi qui vous le dis !

L'agent : Qui a changé d'expression ?

L'ouvrier : La 4 CV, tiens !

L'agent : Qu'est-ce que vous entendez par « changer d'expression ? »

L'ouvrier : Ça veut dire qu'elle en a pris un coup dans l'aile !

L'agent : Vous aussi, vous m'avez l'air d'en avoir pris un coup dans l'aile !

L'ouvrier : Ah non ! moi, je n'ai rien !

L'agent : Bon, enfin !... D'après vous, qui était dans son tort ?

L'ouvrier : Ben... d'après moi, c'est le klebs !

L'agent : Merci !... Au suivant !

Le bourgeois : Moi !

L'agent : Racontez !

Le bourgeois (après avoir décliné son identité :) Oh ! ce n'est pas difficile ! La voiture devait rouler très vite... Parce que, maintenant, les gens roulent comme des fous... les jeunes surtout. Ils ne respectent rien ! Dans mon quartier, il y a une bande de jeunes... Après 10 heures du soir, avec leurs motos, ils font un pétard de tous les diables... Et personne ne dit rien ! Enfin !...

L'agent : Au fait, monsieur ! Au fait !

Le bourgeois : Alors, le conducteur est arrivé au carrefour... Il a dû voir un chien traverser tout seul ! Parce que les chiens se baladent comme ils veulent ! Dans mon quartier, il y en a cinq ou six, toujours les mêmes, qui se promènent en liberté ! Et personne ne dit rien ! Enfin !...

L'agent : Les faits, monsieur ! Les faits !

Le bourgeois : Alors, quand l'automobiliste a vu le chien, il a dû vouloir freiner... et comme la rue est verglassée... ça devait arriver ! ! ! Ça fait trois jours qu'il y a du verglas... Vous ne croyez pas que les pouvoirs publics pourraient s'en occuper ? Non ! Ils n'auraient pas pu mettre un peu de sable là-dessus ? Ou du sel ?... On paie assez d'impôts, non ? Mais comme personne ne dit rien... ils laissent glisser... Alors, la voiture a dérapé et après avoir fait un tête-à-queue et accroché le chien, elle est allée buter contre ma voiture qui était en stationnement... Car c'est ma voiture qui a pris ! Monsieur !

L'agent : Ah... vous êtes le... propriétaire de la 4 CV ?

Le bourgeois : C'est exact !

L'agent : Vous êtes assuré ?

Le bourgeois : Naturellement ! Je suis assuré, mais ma voiture étant garée du mauvais côté... L'assurance va en profiter pour me chercher noise, parce que lorsqu'il s'agit de payer, ils se font tirer l'oreille, les assurances ! Là, j'en ai au moins pour cent mille balles de réparations !

L'agent : Vous étiez dans votre voiture ?

Le bourgeois : Non ! J'étais chez moi, j'habite là, au-dessus du café ! Tout à coup, j'ai entendu boum ! et ça m'a réveillé !

L'agent : Parce que vous dormiez ?

Le bourgeois : Eh bien, oui !

L'agent : Alors, vous n'avez rien vu ?

Le bourgeois : Non ! Mais ce n'est pas difficile d'imaginer...

L'agent : Votre témoignage n'est pas valable puisque vous dormiez.

Le bourgeois : Et alors ? Je n'ai pas le droit de dormir ?... Je n'ai pas le droit d'avoir la digestion difficile... Je ne vois pas pourquoi je m'interdirais de faire une petite sieste après déjeuner !

L'agent : Bon ! Allez, ça va !... Au suivant !

Le dandy (après s'être présenté :) Eh bien, voilà, monsieur l'agent...

Je me rendais aux courses à Longchamp, pour y voir courir une pouliche de deux ans appartenant au baron Molestein lorsque, à la croisée des rues de Rivoli et du Louvre, je vis un chien, un superbe boxer à poil ras, dru et lustré, le crâne légèrement bombé, oreilles amputées aux deux tiers de leur longueur, modérément larges et portées droites, la gueule enfoncée, ce qui est tout à fait caractéristique chez les boxers...

L'agent : Il me suffit de savoir que c'était un chien !

Le dandy : Oui ! Bref ! Je vis ce chien quitter le trottoir où je me trouvais et traverser la rue pour se rendre sur celui d'en face. Il avait une allure folle ! Les membres fortement charpentés, rigoureusement verticaux pour les antérieurs, légèrement convergents pour les postérieurs, vus de derrière, cela va de soi, pieds serrés, bien arqués, genre pieds de chat, vous savez...

L'agent : Bref !

Le dandy : Oui ! Bref... Il traversait la rue lorsque surgit ce que l'on nomme communément une voiture tirée par ce que le progrès a l'outrecuidance d'appeler des chevaux... Mon Dieu !

L'agent : Bref !

Le dandy : Bref ! Le chien, flairant le danger,

s'arrêta... Le conducteur vit-il trop tard l'animal ? Prit-il peur ? Toujours est-il que la voiture, après avoir fait un tête-à-queue magistral, vint heurter le chien qui, après un bond prodigieux de plusieurs mètres, retomba sur le sol sans prononcer une parole ! Me portant au plus vite sur les lieux, je vis que le chien avait le dos court, les reins et la croupe larges et musclés, la tête en forme de cube et la queue amputée à la quatrième vertèbre caudale... C'est-à-dire qu'il n'avait rien ! Juste un peu étourdi... C'est un peu le défaut des boxers... Ils sont étourdis ! C'est tout, monsieur l'agent...

L'agent : Je vous remercie !

Le dandy : Vous n'auriez pas un journal ? Je voudrais savoir si ma pouliche a gagné...

(L'agent entre dans le café, décroche l'appareil et téléphone son rapport :)

L'agent : Voilà : La voiture immatriculée 9-11-22 à Saint-Maur-des-Fossés dans le Val-de-Marne et appartenant à M. BOXER, né à Mercedes le 2230-F-94, est entrée en collision à la suite d'un glissement de terrain avec un autre véhicule, une quatre chevaux — dont une pouliche appartenant à M. Mmithlestein qui habite au carrefour des rues de Rivoli et Louvre, au lieu-dit où a eu lieu l'accident.

Au dire des témoins, M. Boxer, qui somnolait tranquillement à la fenêtre de sa voiture, roulait vite... Apercevant mais trop tard un chien de race, un superbe klébar à poil long et à injection directe qui allait faire ses courses à Longchamp (toujours au dire des témoins), le conducteur changea d'expression, rongea son frein jusqu'à l'os pour éviter le chien... Bref, glissant sur les détails, la voiture fit un coq-à-l'âne, écrasant le chien, dont le sang ne fit qu'un tour de la tête à la queue, butant contre la quatre chevaux, il écrasa en fin de course la pouliche qui, au dire du propriétaire, aurait pu lui rapporter cent mille francs. Bref, ce n'est pas d'un très bon rapport.

Le clou

Un jour...
J'étais en train d'enfoncer
un clou dans le mur. Il y a un type qui passe,
il me dit :
— Pourquoi vous enfoncez ce clou ?
Je lui dis :
— Moi, je n'ai pas d'explications à vous donner !
J'enfonce un clou, j'enfonce un clou !
Le type me dit :
— Moi, j'aime bien savoir pourquoi...
Je lui dis :
— Je n'ai pas à vous dire pourquoi... J'enfonce un
clou, j'enfonce un clou, c'est tout ! Bon !
Et je continue d'enfoncer mon clou.
Je l'avais presque enfoncé,
il ne me restait plus que ça, un centimètre, quoi.
Le type sort une tenaille
et il arrache le clou ! ! !
Je lui dis :
— Pourquoi arrachez-vous mon clou ?
Il me dit :
— Je n'ai pas d'explications à vous donner, moi !
Je lui dis :

— Je voudrais bien savoir pourquoi ?
Il me dit :
— Je n'ai pas à vous dire pourquoi...
Il est fou, ce type !
C'est une histoire insensée, non ?
Je suis en train d'enfoncer un clou,
un type arrive avec une tenaille
et il arrache le clou !
Bon... Je ne veux plus penser à ça,
parce que ça devient une idée fixe !
Enfin...
(Il désigne la scie qu'il tient à la main.)
Ça, c'est une scie que j'ai achetée
à un monsieur qui sciait sa femme
en deux dans les foires...
Il enfermait sa moitié dans une caisse,
il sciait la caisse en deux...
et la moitié de sa femme tombait dans la sciure !
Et un jour...
sa moitié est partie avec la caisse !
Alors, il m'a vendu la scie...
parce que c'était le clou de son numéro.
(Il revient à sa marotte.)
J'ai quand même le droit d'enfoncer un clou
sans être obligé de dire pourquoi
j'enfonce un clou ?
S'il voulait arracher un clou,
il n'avait qu'à commencer par en planter un,
et, après, il l'aurait arraché, ce clou !
Il n'avait pas à arracher mon clou à moi !
Qu'est-ce qui va arriver ?...
C'est que je n'oserai plus planter
un clou, moi !
Hé ! Si c'est pour être là à surveiller
s'il y a quelqu'un avec une tenaille

pour me l'arracher ? Ah non ! Non !

Ça revient, hein ?

Ne parlons plus de ça !

(Il va pour jouer de la scie... mais revient à son clou.)

Ce n'est pas la question du clou, hein !

Des clous, j'en ai !

Mais, celui-là, j'y tenais !

C'est un clou que j'avais ramassé

tout rouillé, tout tordu.

Je l'avais redressé de mes propres mains.

Après, je pouvais lui taper sur la tête

comme un forcené, il ne déviait pas d'un pouce !

Alors, quand il fallait planter un clou,

je plantais celui-là !

J'ai toujours enfoncé le même clou...

pas à la même place, mais le même.

Peut-être qu'à force d'enfoncer le même clou,

on finit par s'y accrocher ? C'est possible...

Et un type arrive avec une tenaille

et il arrache mon clou !

Sans me donner d'explications !

Si encore il m'avait dit

pourquoi il l'avait arraché, ce clou...

moi, je lui aurais bien dit pourquoi

je l'avais planté, finalement ! Si seulement...

je m'en souvenais !

Hé ! ça fait longtemps de ça...

Ça fait tout de même vingt-cinq ans de cette histoire !

Allez ! Je ne veux plus penser à ça...

Je deviendrais marteau !

Bon !

Je vais vous scier un tube !

Enfin...

Je vais vous jouer une scie !

*(Tout en jouant un morceau sur sa scie, il mar-
monne :)*
— Je n'en ai plus enfoncé depuis, hein !
Ç'a été fini !
Ç'a été le dernier clou...
Ça m'a coupé l'envie d'enfoncer un clou...
Vous verrez, vous, si vous enfoncez
un clou et qu'il y ait un type
qui arrive... avec une tenaille... etc.

Les gens sont très marqués
par ce qu'ils font

Les gens sont très marqués par ce
qu'ils font, vous savez !
Je connais un monsieur,
c'est un auto-stoppeur professionnel.
Un auto-stoppeur professionnel !
Il lui est arrivé un accident de travail...
il a perdu le pouce !
Il ne peut plus travailler !...
(Geste de la main, pouce caché.)
Il peut encore aller par là !...
*(Geste de l'autre main, dans l'autre sens, pouce
        levé.)*
Heureusement qu'il est à deux doigts de la retraite !

Récemment, je suis parti en croisière.
La mer était mauvaise, elle était houleuse...
Alors, sur le pont,
on était tous là...
les matelots, les passagers...
*(L'artiste se balance dans un mouvement de roulis,
        de droite à gauche.)*
Ah...
(Il se balance de gauche à droite.)
Ah...

Et il y a un type...
Il était là...
(Parfaitement immobile, bien campé sur ses jambes.)
...
Il était soûl !

Les oublis

C'est fou ce qu'on oublie de choses,
parce qu'on en fait trop !
Alors, on oublie ! On oublie !
Par exemple,
la ceinture de sécurité dans une voiture,
vous savez que c'est un danger public ?
Parce qu'on oublie de la mettre !
Alors, sur la route, lorsque vous voyez
une voiture faire ça *(slalom)*,
c'est que le conducteur est en train de
remettre sa ceinture de sécurité ! Bon !
Et pourquoi remet-il sa ceinture de sécurité ?
Parce qu'il a vu un gendarme ! Bon !
Le gendarme, lui, qui voit une voiture faire ça
(slalom),
il arrête la voiture et verbalise le conducteur
pour conduite en état d'ivresse !
Alors, le conducteur, lui, pour se justifier,
il dit :
— Donnez-moi l'alcootest ! Je vais souffler dans le
ballon !
Seulement, il a oublié qu'il a trop bu.
Alors, on lui retire son permis !
La fois suivante, au départ, il ne boit pas,

il met sa ceinture, et quand il voit
arriver le gendarme, il a la conscience tranquille,
sauf qu'il a oublié qu'on lui a retiré son permis !
Alors, quand le gendarme lui demande son permis,
il lui dit :
— Je vous l'ai déjà donné !
Le gendarme, lui, qui a oublié de remettre
le permis avec le rapport,
retrouve le permis dans sa poche.
Il lui dit :
— Excusez-moi ! J'avais oublié que
je l'avais mis là !
Comme l'autre n'a rien à se reprocher,
il lui rend son permis.
Le type qui a récupéré le permis, tout heureux,
à la prochaine auberge, il s'arrête et puis
il fête ça !
Alors, quand il sort, il remonte dans sa voiture
et oublie de remettre sa ceinture de sécurité !
Alors, sur la route, lorsque vous voyez
une voiture faire ça *(slalom)*,
c'est que le conducteur est en train
de remettre sa ceinture de sécurité.
Et pourquoi remet-il sa ceinture de sécurité ?
Parce qu'il a vu un gendarme !...
Je vous l'ai déjà racontée, celle-là !
On oublie, hein !
Je vais vous en raconter une autre, ça ne fait rien.
Un jour, j'étais dans la rue...
Je bavardais avec un monsieur.
Tout d'un coup, je vois une tuile glisser le long
du toit. Le type était juste en dessous...
J'ai dit :
— Ça, ça va être pour lui, il va la prendre,
c'est sûr ! Il ne peut pas la rater, tel qu'il est là !

Je bavardais avec lui pour ne pas l'effrayer...
C'est long à tomber, une tuile, hein !
Je ne savais plus quoi dire, moi !
Et la tuile, sur le bord, au lieu de tomber,
elle s'est mise à osciller *(geste de la main).*
Moi, pour gagner du temps, je dis au type :
— Ça va, vous, en ce moment ?
Le type me dit :
— Oh !... *(Même geste de la main.)*
Je dis :
— Tiens ? Est-ce qu'il aurait un pressentiment ?
Et puis, finalement, la tuile est tombée.
Elle lui a cisaillé le pouce !
Alors, le type me dit :
— C'est embêtant parce que je suis auto-stoppeur
professionnel...
Je vous l'ai racontée aussi, celle-là !...
Alors, il est parti par là,
il est remonté dans sa voiture.
Sur la route, je vois la voiture... faire ça
(slalom)...
Ce n'est pas la même ! Ce n'est pas la même histoire
que tout à l'heure !
C'est parce qu'il y a un pneu qui était crevé,
parce qu'il s'y était planté un clou.
Alors, le type arrive avec une tenaille
et il arrache le clou !...
Je vous l'ai racontée aussi !...
Ah !
Alors... euh...
Eh bien, j'espère n'avoir rien oublié !...

Merci de votre attention !

TABLE

Imprimé en France sur Presse Offset par

BRODARD & TAUPIN

GROUPE CPI

La Flèche (Sarthe).
N° d'imprimeur : 11240 – Dépôt légal Édit. 19651-02/2002
LIBRAIRIE GÉNÉRALE FRANÇAISE - 43, quai de Grenelle - 75015 Paris.
ISBN : 2 - 253 - 01958 - 5